科尔姆·托宾作品 9

Colm Tóibín

In all her years with Tony, it was something she had often dreamed about, especially at the beginning of their marriage – slipping away, getting a train or even driving to some town and finding an anonymous hotel to spend two nights away from everyone.

LONG ISLAND
长岛

〔爱尔兰〕科尔姆·托宾 —— 著
柏栎 —— 译

上海译文出版社

主要人物关系表

【长岛】

艾丽丝·菲奥雷洛：本书主角，娘家姓莱西

托尼：艾丽丝的丈夫

罗塞拉：艾丽丝与托尼的女儿

拉里：艾丽丝与托尼的儿子，罗塞拉的弟弟

弗兰切斯卡：托尼的母亲、艾丽丝的婆婆

恩佐：托尼的大弟，妻子莉娜，儿子卡洛

毛罗：托尼的二弟，妻子克拉拉

弗兰克：托尼的三弟

达凯西安：艾丽丝在修车店的老板，女儿卢西，儿子埃里克

【恩尼斯科西】

莱西太太：艾丽丝的母亲

马丁：艾丽丝的大哥

帕特：艾丽丝的二哥，妻子贝蒂

杰克：艾丽丝的三哥，妻子艾琳

南希·谢里登：艾丽丝的好友

乔治：南希亡夫

杰勒德：南希和乔治的长子

米里亚姆：南希和乔治的长女，杰勒德的大妹

马特·沃丁：米里亚姆的丈夫

劳拉：南希和乔治的次女，杰勒德的二妹

吉姆·法雷尔：艾丽丝在《布鲁克林》中的恋人，酒吧老板

沙恩·诺兰：吉姆酒吧的酒保

科莉特：沙恩的妻子

安迪：吉姆酒吧另一酒保

第一部

一

"那个爱尔兰人又来了,"弗兰切斯卡边说边在厨房桌边坐下来,"他挨家挨户地找,但要找的人是你。我告诉他,你很快就到家了。"

"他想干什么?"艾丽丝问。

"我想尽办法让他告诉我,但他不说。他指名要找你。"

"他知道我的名字?"

弗兰切斯卡笑得有些意味深长。艾丽丝欣赏她婆婆的智慧,也欣赏她狡黠的幽默感。

"我最不需要的就是再来一个男人。"艾丽丝说。

"你在和谁说话?"弗兰切斯卡回道。

两人都笑了,弗兰切斯卡起身离开。艾丽丝从窗口望着她小心翼翼地穿过潮湿的草坪,回到自己家。

再过一会儿,拉里会放学回家,然后罗塞拉会从课外学习班上回来,再然后她会听到托尼在门口停车的声音。

此刻是抽烟的最佳时机。在她发现拉里抽烟后,就和他谈妥条件,只要他保证不再抽,她就彻底戒烟。但她在楼上存了一包烟。

门铃响起,艾丽丝悠悠地站起来,以为是拉里的某个堂兄弟来找他玩。但来到门厅时,她透过大门的磨砂玻璃看到一个成年男子的身影。在他叫出她的名字之前,她并没有想到这就是弗兰切斯卡提过的那个人。她开了门。

"你是艾丽丝·菲奥雷洛?"

这是爱尔兰口音,她觉得听着像她的一位中学老师多尼戈尔。此人站在那里充满斗志的样子,也让她想起了家乡。

"我是。"她说。

"我一直在找你。"

他语气不善。她心想莫非托尼在工作上欠了他钱。

"你说吧。"

"你是那个管道工的妻子?"

这话问得很粗鲁,她不觉得有必要回答。

"你丈夫活干得不错。我得说他很受欢迎。"

这人顿了一顿,回头扫了一眼,看是否有旁人在听。

"他修好了我家所有的东西,"他伸出一根手指指着她,继续说,"甚至还多干了一些意料之外的活。事实上,他经常过去,只要他知道这家的女人在,而我不在。他的管道活儿真棒,八月她就要生孩子了。"

他退开两步,冲着她难以置信的表情咧嘴一笑。

"对,这就是我来这儿的原因。我告诉你实情,我不是孩子的父亲。孩子和我毫无关系。但和我结婚的女人怀了这孩子,如果有人以为我会在家里养一个意大利管道工的小畜生,让我的亲生孩子以为这小畜生也是和他们一样清清白白地来到这世上,那么

长岛

他们可以改变想法了。"

他再次朝她伸出一根手指。

"这小混账一出生,我就会把它送过来。如果你不在家,我就把它交给另一个女人。如果你们这几个房子里一个人都没有,我就把它扔在你门口。"

他走到她跟前,压低了声音。

"你可以把我这番话转告你丈夫,如果我在任何地方看到他那张脸,我会拿着随身携带的铁棍追赶他。好了,我讲清楚了吗?"

艾丽丝想问他是从爱尔兰哪个地方来的,这样可以装作没听到他的话,但他已经转身走开。她想着该说些什么来拖住他。

"我讲清楚了吗?"他走到车边又问。

她没有回答,于是他作势又要朝房子走过来。

"我会在八月来找你,也可能会在七月底,那将是我们最后一次见面,艾丽丝。"

"你怎么知道我的名字?"她问。

"你的那个丈夫是个话痨,所以我知道了你的名字。他对我妻子说了你所有的事。"

如果他是意大利人或普通美国人,她就拿不准这番威胁是否只是说说而已,并不会付诸实际。她觉得他是那种爱自说自话的人。可她从他身上认出了一种东西,那是一种固执,甚至也许是一种真诚。

她曾在爱尔兰认识这样的人。假如这种人发现自己的妻子不忠,并怀了身孕,他们是不会把孩子留在家中的。

然而在老家，没有一个男人能够带走一个刚出生的婴儿并把它送到另一家门口。他会被人瞧见。神父、医生、警察都会让他把婴儿带回去。可是在这条安静的死胡同里，这人可以把婴儿抛在她家门口而不被任何人发现。他真的可以做到。他说话的口气、紧咬的牙关、坚毅的眼神，都让她相信他是认真的。

他开车离开后，她回到起居室里坐下来。她闭上眼睛。

在距此不远的某个地方，有个女人怀了托尼的孩子。艾丽丝不知为何觉得这个女人也是爱尔兰人。也许她的访客更有可能支配一个爱尔兰女人。换了其他女人，也许就会反抗或离开他。突然间，她眼前浮现出这女人孤身带着婴儿来向托尼求助的情景，这比一个婴儿被留在她门口更让她发慌。但当她开始勾勒后一幕情景的冰冷细节时，她同样感到一阵恶心。如果婴儿在哭呢？她会把它抱起来吗？如果抱起来了，接下来怎么办？

她起身换到另一张椅子，刚才在她面前的那个真实、鲜活、威风的人，此刻仿佛是她读到的或在电视上看到的人物。这个家在前一刻还安安静静的，后一刻就来了这个人，这简直不可思议。

如果她将此事告诉别人，她也许就会知道应该如何感受，应该怎样去做。一瞬间，一个形象浮现在她脑海里，是她的姐姐，已经去世二十多年的罗丝。在她整个孩提时代，哪怕是最小的难事，她都会找罗丝，而罗丝总能处理好。她从未向母亲倾吐心事，再说母亲在爱尔兰，家中没有电话。她的两个妯娌，莉娜和克拉拉，都来自意大利家庭，她们彼此要好，但与艾丽丝并不亲近。

她在门厅里盯着架子上的电话机。如果有个号码她能拨过去，有个朋友能让她描述刚才发生在门口的那一幕就好了！她想对别人讲述，并非为了让那个不管叫什么名字的男人变得更真实。她不怀疑他是真实的。

她提起话筒，像是要拨出一个号码。她听着拨号音。她把话筒放下，又拿起。一定有一个她能打过去的号码。她把话筒贴在耳边，意识到她没有这样的号码。

托尼知道此人会来吗？她回想着他前几周的举动，但想不到任何异常之处。

艾丽丝上了楼，环顾自己的卧室，仿佛她是家中的陌生人。她捡起托尼早晨留在地上的睡衣，心想洗涤时是否应该将他的衣服排除在外，但随即她发觉这毫无意义。

也许，她应该让他搬去他母亲家，等到她理清思路再与他谈。

但或许这是个误会？或许她犯了错，轻易相信一个与她结婚二十多年的男人干了最糟糕的事？

她走进拉里的房间，审视他钉在墙上的大幅那不勒斯地图。他认定这是他真正的家乡，即便她一再对他说，他是半个爱尔兰人，他的父亲其实出生在美国，而他的祖父母事实上来自那个城市南部的一个村子。

"他们是从那不勒斯坐船到美国的，"拉里说，"你去问他们。"

"我是从利物浦坐船来的，但那并不意味着我是利物浦人。"

有几个星期，拉里埋头写一份关于那不勒斯的课程项目，他变得和姐姐一样，沉浸在细节中，熬夜写完他要写的东西。但一俟项目完成，他又故态复萌。

拉里十六岁了，个头比托尼更高，黑眼睛，肤色比他的父亲和叔叔们都深得多。但她觉得他从他们那儿继承来的是一种态度，一方面要求自己的兴趣被家人尊重，另一方面嘲笑母亲和姐姐身上的那股认真劲太做作。

"我回家后，"托尼经常说，"就想把自己收拾干净，喝杯啤酒，把脚架起来。"

"这也是我想做的。"拉里说。

"我经常问上帝，"艾丽丝说，"我还能做些什么来让我的丈夫和儿子过得更舒坦。"

"少说话，多看电视。"拉里说。

在这条死胡同的另外两栋房子里，住着托尼的弟弟恩佐和毛罗两家人，他们的孩子大多在十几岁，并不像罗塞拉和拉里这般言谈自由。罗塞拉喜欢通过列举事实并在对方的发言中寻找破绽来赢得争论。拉里在任何讨论中，都喜欢把论题变成一堆笑话。艾丽丝无论怎么尝试，她发觉自己就是支持罗塞拉，正如拉里说了什么荒唐话，托尼往往还没等拉里笑，自己就先笑起来。

"我只是一个管道工，"托尼会说，"只有漏水了才有人需要我。我清楚地知道，管道工是去不了白宫的，除非那里的水管出了问题。"

"可是白宫漏得像筛子。"拉里说。

"你看，"罗塞拉说，"你对政治感兴趣。"

"如果拉里好好学习，"艾丽丝说，"他会让每个人都吃惊。"

艾丽丝听到罗塞拉进门。她心想他们四个平时在餐桌上轻松的玩笑话，现在是否还有可能。如果那人不是来诈骗的，她的一部分生活已经结束。她希望他在他妻子怀孕的事上做出了其他决定，不曾把她和托尼牵涉进来。但随即她明白这种愿望是如何绝望和无用。她不能因为自己这么想，就不让那人来敲她的门。

每天傍晚他们坐下来用餐时，托尼会讲述他的一天，详细描述客户和他们的房子，说水池或马桶周围那一圈积了多少灰。如果艾丽丝让他住口，只能是因为他让罗塞拉和拉里笑个不停。

"餐桌上的食物就是这么来的。"拉里会说。

"等等，今天下午的情况更糟。"托尼又开始说。

艾丽丝想，以后她要观察他隐瞒了什么。

她大声和罗塞拉打了个招呼，就回到主卧室关起门。她试图去想罗塞拉和拉里听说托尼和其他女人有了孩子会作何反应。她想，拉里性格招摇，但心思单纯，他将无法理解父亲去修水管时和那家的女人发生性关系，而罗塞拉读过小说，还与她的叔叔弗兰克——托尼最小的弟弟——讨论耸人听闻的法庭案件。当律师的弗兰克是兄弟几个中唯一上过大学的，如果有个丈夫掐死妻子并把她分尸，他总能得知更为惊悚的细节，并分享给他的侄女。父亲与另一女子有染，也许不会让罗塞拉震惊，但艾丽丝也不确定。

她想，奇怪的是，托尼比她更传统。电视上的亲吻镜头过长，他就感觉不自在。他和兄弟们经常在家庭聚餐时彼此捅捅胳膊，暗示那些不能在餐桌上讲的笑话，但也就到此为止。他们从未真的把笑话讲出来。她喜欢托尼的老派作风。她还记得他俩商量生育计划时,他红了脸。最后,她偷听了两位妯娌的对话——她俩似乎不把教会规训放在眼里——直接把一盒避孕套放在他的床头柜上。

他看到避孕套时笑了。他打开包装盒,像是不确定里面是什么。

"这是给我用的吗?"他问。

"我想是给我们用的。"她回答。

她想,数月前,他本可以针对性地使用其中一个避孕套,避免他们将会有的麻烦。

她坐到床沿。她该如何告诉托尼来过这样一个人?这会儿她希望自己能有个地方可去,不必再思考此事。

他们在房子外面加筑的房间,曾经是艾丽丝的办公室,如今是罗塞拉和拉里的书房,虽然拉里事实上很少待在那里。

"我可以给你泡茶,甚至咖啡也行,如果你要的话。"艾丽丝看到罗塞拉在那儿便说道。

"昨天是你泡的,"罗塞拉说,"今天该我了。"

罗塞拉自有一种不笑也不说话的沉静,显得她和堂亲们不同。他们能为任何事哄堂大笑或满面惊诧,而罗塞拉用企盼的眼神看着母亲,想尽快离开这场家庭聚会,回到自己安宁的家。当托尼和拉里开始扰乱这份平静,争相重复收音机上的棒球赛评论,罗塞拉就回到她的书房——她是这么叫它的。她甚至让托尼在门上挂了一把锁,防止拉里在她聚精会神时闯入。

托尼的父母和两个弟弟全家就住在旁边,这有时让艾丽丝感到憋闷。他们几乎能凑到她的窗口窥视。如果她要出门散步,某个妯娌或婆婆就会问她去哪,为什么去。他们经常把她对私密性和独处的爱好归咎为爱尔兰人的特性。

可是罗塞拉的长相完全是意大利人,他们不觉得她有任何爱尔兰的特性。于是他们不明白她的认真劲从何而来。

罗塞拉努力不让自己特立独行。她倾听婶婶和堂亲们说的每一句话,也对新衣服和新发型发表意见,但她并不真正对时尚感兴趣。艾丽丝知道,假如罗塞拉不是这么漂亮,他们会认为她是书呆子和怪人。

"她的优雅和美貌,"她的祖母说,"来自我的母亲和姨妈。这些特质跳过了我们这一代——上帝才知道我为什么丝毫没有被遗传到——接着传到了美国。罗塞拉属于更早的时代。家族里我这边的女性都秀外慧中。我的姨妈朱塞平娜太聪明了,差点都没结婚。"

"那是聪明吗?"罗塞拉问。

"哦,有时候是的,但我觉得归根结底不是。而且我相信时候一到,你就会被抢走。"

每星期有两天,在放学之后、晚餐之前,罗塞拉从自己家来到祖母家,她们会聊上一个小时。

"可是你们聊什么?"艾丽丝问。

"意大利的再统一。"

"真的吗?"

"你知道,在她的三个儿媳中,她最喜欢你。"

"不,她不是!"

"今天她让我和她一起祈祷。"

"祈祷什么?"

"祈祷弗兰克叔叔能找到一个好妻子。"

"她的意思是找个意大利妻子?"

"她的意思是什么样的妻子都行。她说,凭他的头脑、薪水和奖金,还有曼哈顿的住宅,他走在街上应该有女人跟在后面。我觉得她并不在乎那个女人是不是意大利人。看看爸爸在爱尔兰人的舞会上找到了谁。"

"你会不会更想要一个意大利人妈妈?那样生活会不会更简单?"

"我喜欢我现在的生活。"

艾丽丝翻阅着罗塞拉书桌上的书,她突然想到罗塞拉习以为常的生活,依赖的是她的父亲和两个已经结婚的叔叔。他们协同工作,专注于自己的手艺,凭借勤劳和可靠赢得了人们的信任。他们大多数工作都是通过口头传达。他们服务的地区远比一个镇子更大,但有时却显得更为私密和封闭。不用多久,就会有人发现托尼在去别人家工作时让那家的女人怀了孕。消息传播起来会像在村子里一样快。

到目前为止,她一直避免去想托尼穿着工作服在那个女人家里的情景。她只想过当他修好水管站起来时,发现那家的女人正一脸感激地看着他。她也能想象托尼一开始会害羞,然后欲走还留。会有一阵尴尬的沉默。

"你工作上遇到困难了吗?"罗塞拉问。

"没有,完全没有。"

"你似乎有心事,就在刚才。"

"工作很顺利,只是有点忙。"

拉里到家,在她脸上匆匆一吻,然后指了指自己的脚。

"我的鞋子非常干净,但我还是脱在了外面。我要去听收音机了。如果有人来找我,我就在自己房间里。"

晚些时候,托尼回来了。他和往常一样直接上楼,冲了个澡,换下工作服,然后下楼去找罗塞拉。从罗塞拉还在襁褓中开始,他每天都这么做。如果艾丽丝能听进去他俩的对话,有时她会发现一些他俩没有对她说过的事,比如罗塞拉的祖母说了什么,或是托尼把他弟弟的什么情况透露给女儿。

拉里布置餐桌时,她把土豆放进了前一晚准备好的炖菜里。至此她一直在回避托尼,但无人察觉。此刻他在起居室里看电视。她怕他会走进厨房,点评香喷喷的食物,或者与拉里开开玩笑。他一来,气氛就平添一种温情和关切。她的两个妯娌抱怨各自的丈夫在家中不爱说话,缺乏幽默感。她们的婆婆问过罗塞拉,她父亲在家中是什么样。

"你是怎么告诉她的?"艾丽丝曾问。

"我说他觉得什么都有趣,他总是那么可爱。"

第一部　　013

"你的祖母怎么说?"

"她说是你让每个人呈现最好的一面,所以也许莉娜和克拉拉可以向你学习,那样恩佐叔叔和毛罗叔叔在家里会更加心情愉快。"

"她这话只是说给你听。我不知道她对别人是怎么说的。"

"她一直都说真心话。"

艾丽丝始终背对着门,先是翻搅炖菜,然后站在水槽边洗餐具。她想,如果能这样持续下去就好了。如果托尼能被电视节目吸引住,越迟来餐桌越好。

他来到房间时,她一个劲地擦盘子。有一会儿她迷糊了,不记得通常上餐的顺序。她是先给托尼上餐吗?还是先给最小的拉里?还是罗塞拉?她把炖菜盛到盘里,端着两个盘子穿过房间,放在罗塞拉和拉里面前。她没说话,也没瞧托尼一眼,就去拿另两个盘子。他正在给罗塞拉和拉里讲故事,说当他半个身子探进橱柜去找漏水的管道时,一只狗袭击了他。

"那只畜生一口咬住我的裤脚扯了起来。它的主人是一个挪威女人,她的公寓里从没男人来过。"

艾丽丝站着听他说话。她确定,他完全不知道这番话对她有何意味。这只是他的又一个故事。艾丽丝把自己的盘子放到一边,端起托尼的盘子穿过房间。正要把盘子放到桌上时,她倾斜盘子,炖菜撒出了一部分。她继续倾斜盘子。食物落在托尼旁边的地板上。他吃惊地抬头看她,她一动不动地站着,手里拿着空盘子。

罗塞拉冲过来从母亲手里拿走盘子,托尼和拉里挪开桌椅,准备清理地板。托尼把炖菜一块块从地上捡起来。

"你怎么了,"罗塞拉问,"怎么站着不动?"

托尼拿来海绵和一碗水,艾丽丝一直盯着他。她等着他再次朝她看。

"锅里还有菜。"拉里说。

地板收拾干净,桌子挪回原位后,托尼又盛了一份炖菜,他们默不作声地吃起来。如果托尼开口说话,艾丽丝会打断他。她意识到罗塞拉和拉里一定看出父母之间有些不对劲。但艾丽丝关注的是托尼,他必须明白她已经知道了。

二

每逢星期六,托尼的父亲都一早来探望住在周围的儿子们,看看他们的车是否有问题。自从艾丽丝为自己买了一部廉价车后,她的公公更注意她了,每次见面都问起车子。

"现在看来它价廉物美,"他说,"我当时有过疑虑,我的妻子让我别说出来。但现在事实证明我是错的,我可以放心说了。"

每当弗兰克来访,他父亲都会出来检视儿子的车,掀开发动机罩,查看机油和冷却液,尽管他的妻子一直叫他别把自己弄脏。

"好车也会在大街上抛锚,就因为车主不检查机油和冷却液。"

如果任何一部车需要检修,他就推荐老友达凯西安先生。他说,这个亚美尼亚人几乎和他一样懂车。这也因为达凯西安先生拥有一家方圆数英里内最好的修车店,价格最有竞争力,服务最好,只要你能让他别谈论亚美尼亚历史。

"其他修车店会羞辱你的车,抢你的钱,"老头子说,"你的车有任何问题,就去找达凯西安。"

当时艾丽丝还在为家族生意做会计,而达凯西安先生负责检修托尼兄弟的车,她定期与他打交道。她发觉他和她公公说的一样,亲切又可靠。

一天，她正在让人检查她车子的机油，达凯西安先生塞给她一本写亚美尼亚历史的书。

"你是爱尔兰人，"他说，"你能明白。这边的人不懂这些。你公公认为那都是我瞎编的。我想给他这本书，可他不要。"

艾丽丝一边翻阅，一边问达凯西安先生——她猜测他六十多岁——大屠杀①发生时他是否真的在亚美尼亚。

"我出生在那里，但我父母离开那里时我才三岁。他们听到风声，及时逃出去了。我为这些事感到难过，有时还不只是难过，特别是当我看到我的儿子埃里克在这儿长大，却对他的祖籍一无所知。"

他的女儿快要结婚了，她是修车店的会计，艾丽丝时常与她打交道。

"她要嫁给一个亚美尼亚人，所以整个婚礼都将按照亚美尼亚风俗来。这感觉就像我们从未离开。虽然只有一天。"

"托尼的家人经常像是从未离开意大利。"艾丽丝说。

"幸亏有你帮他们管钱。我不知道卢西离开后，我该怎么办。埃里克对生意毫无兴趣。"

她下一次去时，达凯西安先生告诉她，他找到了一本关于爱尔兰的书，那里发生的事和亚美尼亚一样糟糕。

"我一直都知道，但现在才了解具体内容。我读完就把书

---

① 指的是奥斯曼帝国始于1915年对其辖境内的亚美尼亚人的大规模屠杀和驱逐行为。

第一部　　017

给你。"

他再次对她提起女儿要走的事。

"我不想登广告招来一个陌生人。这是家族生意，客户也都是多年熟人。如果你考虑来这儿，和废气油烟、发动机轰轰声一起工作，那么欢迎你。不过你得尽快告诉我。"

艾丽丝当即决定接受达凯西安先生的招工。她想让托尼和他的兄弟接受她设计的一套开票和结账系统，但遇到了困难。恩佐向母亲抱怨，说艾丽丝试图干涉他们的生意。他母亲把话传给弗兰克，弗兰克又把话传给他的嫂嫂。

"他们希望你更恭顺，"弗兰克说，"我知道如果是我会怎么做。"

"你会怎么做？"艾丽丝问。

"他们是我的哥哥。我爱他们。但我宁死也不会为他们工作。"

艾丽丝知道，她应该与托尼商量是否接受这份修车店的工作，但她确定他希望她继续为他们兄弟当会计。很难跟他说她已经谈妥了。

"尽快开始吧，"达凯西安先生说，"趁卢西还没走，你可以跟她学点诀窍。"

"我想每天十点上班，三点下班，"艾丽丝说，"和卢西一样，我还想要四周的假期，其中两周不带薪。"

达凯西安先生假装吃惊地吹了一声口哨，接着说到他付给女儿的薪水。

"我觉得你想要更多。"

"三个月后,我们再谈加薪。"

交易达成,达凯西安先生说他要去清洗手上的润滑油,然后他们可以握手确认。

三

艾丽丝再次清洁了地板，确保炖菜里的油脂没有凝固在地上。然后她让自己满屋一刻不停地忙着。托尼像是在跟着她，她便和罗塞拉坐到桌旁。

"我觉得你应该去看医生，"罗塞拉说，"你的手失了力气，你都无法动弹。万一你开车时发生这种情况就糟了。"

"我已经好多了。"艾丽丝说，但她看得出罗塞拉并不信。

她早早地上了床，开着床头灯，躺在床上思考。托尼进来时，面露微笑，然后踮起脚尖走路，仿佛她已经睡着。他一上床就关了他那头的灯，她也关了她这头的灯。

她等着，想给他一个说话的机会，随便说些什么，哪怕聊聊工作或刚看过的电视节目。他仰面躺着，接着翻过身背对着她，然后又仰面躺着了。他一定知道她还醒着。她听到他清了清嗓子。在黑暗中，她能让这沉默持续到她认为合适的时候。她甚至可以决定不打破沉默，就躺在他身边睡着，让他在猜测她知道了什么、会如何反应的煎熬中再度过一日。

但她怕他真会睡着，留她独自醒在一边思考自己本该说些什么。此刻她必须开口。

"我要你告诉我一件事。"她低声说道，手搭上他肩头。

他没动。

"今天来的那个人说的是真的吗?他真打算把一个婴儿放在我家门口,还是他这么说只为了告诉你他是多么愤怒?"

他仍然没反应。

"如果这只是空口威胁,你应该立刻让我知道。"

她什么都没听到,便叹了口气。

"你应该……"她开口说。

"他说的是真的,"托尼小声说,"毫无疑问。他喜欢立规矩,表态度。他已经把她吓坏了。"

"我不想知道她的事。"

"你可以认为,他说得出做得到。"

"真的把孩子留在我们家门口?"

"我可以确定地告诉你,他是这么打算的。我已经挣扎了好几个星期,努力想办法把这事告诉你。"

"也没怎么努力,托尼。"

"我知道。"

"你让他来代你说了。"

"我知道。我知道。"

他们在静默中躺了片刻。

"我再问你一件事,"艾丽丝终于开口,"我要你明确回答,别说假话。以前有过其他人吗?"

托尼拧亮了他的床头灯。

"没有其他人,以前没有过。"

"你现在就得告诉我,如果有……"她低声说。

"没有。我告诉你了。我向你保证。没有。"

"就这一个。"

"就这一个。"他叹气说道。

在那个男人来向她告知孩子的消息后,艾丽丝每天都期待着去上班,离开这个家。如果修车店里忙,她也乐意加班,只要不回到那个托尼装作若无其事的家。

连餐桌上的谈话也恢复了正常。

她有几次想和托尼谈谈,如果那个男人真的干了出来,他们该如何应对,但她感觉到他对讨论此事有强烈抵触情绪。而罗塞拉和拉里对此一无所知,艾丽丝便独自扛着这份重担。毕竟那个男人来找的是她。她看到了他的脸,听到了他的声音。别人不知道那是一种什么感受。她也无人可以倾诉。

托尼开始早早地上床。她上床后,他就装睡。有几次她躺在黑暗中,心知他醒在她身边。

一天傍晚,她在厨房里遇到托尼。她进门时,他避开目光,喃喃地说了句他累了。

"我还有件事没对你说。"她开口道。

他缓缓点头,似乎在说他正等着这个。

"无论在任何情况下,我都不会抚养这个婴儿。那是你的事,不是我的事。"

"你也许是不想,"他轻声说,"可你跟我结婚了。"

"可惜你去修水管时没想到这点。但我不想再说这些。我要让你明白的是,如果那个男人把孩子送来,我不会应门,如果他把孩子放在门口,我不会开门。我不会管这事。"

"那我们怎么办?"他问。

"我不知道。"

她读着弗兰克留给她的一本杂志直到深夜,希望等她上床时,托尼已经睡着。

当她从他的角度去思考问题时,困境是一目了然的。如果他真的相信那人会把孩子抛在他们家门口,他一定感到无助。但她必须硬起心肠,不去同情他。她知道,只要她心软一分,结局就是她半夜起来喂别人的孩子。她下定决心不做此事。

她觉察到托尼想要软化她,他摆出一脸愁容,确保自己不说任何半句会使他俩关系恶化的话。没有她的支持,他什么都干不了。

接着她想到,她并不确定托尼的母亲会怎么做。弗兰切斯卡的风格是让家中每一个人——包括艾丽丝——觉得自己无可挑剔。甚至当莉娜在某次盛怒之下,要在他们家门口的车道上撞倒恩佐,她的婆婆都说在其乐融融的家庭中才会发生这种事。

每次遇到弗兰切斯卡,艾丽丝都仔细观察她,看是否有任何迹象说明婆婆知道了孩子的事,但弗兰切斯卡与她寒暄的样子和以往并无不同。她想,托尼还没能对他母亲吐露此事。

一天在修车店中,艾丽丝一时兴起,给弗兰克在曼哈顿的律师事务所打了电话,约定时间去见他。

前一年夏天,罗塞拉在她叔叔弗兰克的办公室里待了一个月,坐在接待员旁边,学习文件系统,认识弗兰克的同事。她还去了弗兰克在"地狱厨房"①的公寓,而家里其他人都没去过。这学期结束后,她将去另一家律师事务所实习。

弗兰克与罗塞拉谈过她的成绩和志向,他知道她很可能会被一所好大学录取。他告诉艾丽丝,如果她考上了,他会支付她的学费。

"我不能为每一个侄子侄女都这么做,"他说,"但罗塞拉真的应该上大学,她也想上。她很勤奋。"

"她知道这事吗?"

"她知道。"

"是你先提出的,还是她?"

"当时我告诉她我在福坦莫大学的生活。我说我觉得她会喜欢那儿。我提出要帮助她,但她很犹豫。"

"然后呢?"

"她承认这是她的梦想。"

当晚,到了艾丽丝和托尼在黑暗中的谈天时刻,艾丽丝等到他们悄声聊了些家常后,才提起罗塞拉上大学的事。她解释说,是弗兰克提出要付她的学费,而罗塞拉是在他的坚持下才接受的。

---

① 曼哈顿西侧的一个社区。

"没人问过我的意见?"他问。

"也没问过我。"她说。

"可你现在知道了。"

"你也知道了。"

"恩佐和毛罗会怎么想?他们知道我们负担不起学费。"

"哦,弗兰克不能为所有的侄子侄女付学费。"

"他为什么要为罗塞拉付学费?"

"因为她是最聪明的。"

"是你请他这么做的?"

"当然不是!"

"如果别人知道了怎么办?"

"我们可以说她拿了奖学金。"

他沉默了。她觉得他也许感到受伤或有损尊严,因为是别人来付他女儿的学费。

他叹了口气,朝她靠过去。

"我不知道该怎么说。"他低声说。

她知道,此刻她什么都不能说,必须等他先开口。

"这件事是从一个笑话开始的。恩佐和毛罗的性格,你是知道的。"

他顿了一顿,似乎不确定是否应当继续说下去。他的声音先是迟疑,接着变得自信起来。

"他们拿你和弗兰克开玩笑,"他说,"说你俩多么能聊,他是怎么给你送报纸和杂志,他们奇怪弗兰克为什么不自己找个女朋友。"

"弗兰克是不会找女朋友的。"艾丽丝说。

"为什么?"

"弗兰克是那种男人。"

托尼屏住了呼吸。他欲言又止。

"你怎么知道?"托尼问。

"他告诉我的。"

"还有人知道吗?我母亲知道吗?"

"我觉得没有。"

"你能答应我一件事吗?"

"什么事?"

"你永远不会再提此事。永远。别对我说,也别对别人说。"

"我原本也不想说。"

"不,不,我要你答应我,你不会说。我要确保没人再说此事。"

弗兰克的律所距离宾州车站有二十分钟步行路程。在爱尔兰的来信中,艾丽丝的母亲时常问起纽约的繁华市容,潮流商场,摩天大楼,灿烂灯火。但艾丽丝对这个城市并没有什么可说的。她仍然定期给母亲写信,寄去孩子们的照片。

她的母亲今年夏天就八十岁了。艾丽丝很想再见她一面。但更重要的是,她想,万一她收到母亲不行了的消息,她会后悔自己当初没去。她的哥哥马丁从伯明翰回了老家,现住在古虚的悬崖上，距离镇子十英里①。他每星期去探望母亲几次，还经常写信给艾丽丝，以他一贯东拉西扯的风格讨论母亲的健康状况。

她知道，弗兰切斯卡，还有娘家就在附近的莉娜、克拉拉，认为一个人在离家万里之外的地方度过一生，是一件很奇怪的事。在她们的世界中，人们都是结伴来美国。她们所认识的人没有一个像艾丽丝那样独自远行，身边没有家人，没有好友。

傍晚有些时候，特别是当她收到母亲或马丁的来信时，她在餐桌上说起家乡。她还在壁炉架上摆了一张姐姐罗丝的照片，那是在她去世前一年、1951年拍的，当时她荣获恩尼斯科西高尔夫球俱乐部的女队长奖。然而托尼、罗塞拉和拉里对恩尼斯科西甚至爱尔兰都兴趣寥寥。

在办公室里，她对弗兰克讲述了那个男人如何找上门来，如何威胁要把婴儿扔在她家门口。她希望他能让她放心，会有法律手段阻止那人这样做。

"显然，"弗兰克说，"不能弃婴。但问题是，如果他真的做了，你怎么办。动用社会机构乃至走法律程序需要一些时日，尤其是如果这个孩子是和他的生父在一起。"

"怎能证明托尼是它父亲？"

"是的，你说得对。最终问题会解决，那个男人甚至会被提起诉讼，会找到一个寄养家庭。可是开头几天，或者开头几小时会

---

① 约合16公里。

发生什么?"

"那是托尼的事。"

"但如果你在家里,或者罗塞拉、拉里在呢?"

"那个男人也许只是虚张声势,但托尼说他不是。我无法想象那个男人的妻子是什么感受。她当然在此事上有发言权?她当然应该是……"

"那个男人确实觉得,"弗兰克打断她的话,"一个不是他亲生的孩子的存在会破坏他的家庭。他也认为他的妻子在后续事宜上没有发言权。"

"你怎么知道这些?"

"我见过他。他来过这里。"

艾丽丝决定不问弗兰克为何没在她一见到他时就告知此事。他似乎得意洋洋,正等着被提问。她从未讨厌过她的小叔子,但现在她讨厌他。如果他们之间的沉默会持续一个小时,她不会是打破沉默的那个人。她望着窗口,看了看一侧的书架,然后把目光转向弗兰克。

"我以为托尼大概已经告诉你我知道了。"他说。

"弗兰克,你没有这么想过。"

"我根本不被允许与你谈论此事。你进来时,我不觉得我能告诉你我已经了解整件事。"

"看来,你知道得比我更多。"

"如果我对你说了,你得答应绝不能把我的话告诉其他人。别人知道你来这儿吗?"

"不知道。"

她想,他一定后悔见了她。他的错误就是让她进了他办公室。

"我们说的话是否仅限你我之间?"他问。

"我能告诉谁?"

"我再次问你,我们说的话是否仅限你我之间。"

"是的。"

"大约两星期前,我父亲来找我。他从未来过我的办公室。他只待了不到五分钟,只说我必须照我母亲的意思去办。我还以为他们给我物色了一个合适的姑娘。但他没说别的。过了几天,我母亲来了,她对我说了你刚才说的事,还说她已经去拜访过那对夫妇,就是你见过的那个男人和他的妻子,她还安排了那个男人来这里找我。"

他停下来瞧着她。

"做出的决定是,我母亲会接走这个孩子,"他说,"我正在琢磨一个合法的最佳途径。"

"托尼也来这里参加讨论了吗?"

"没有。"

"他知道这个决定吗?"

"知道。"

"你确定?"

"我母亲告诉我的。"

"你有没有问过你母亲,此事是否与我商量过?"

"问过。"

第一部　029

"她怎么说?"

"她说这样做最好。"

"我问的不是这个。"

他往椅背上一靠,叹了口气。

"你应该去和托尼谈,但你不能告诉他你与我谈过。这事得在你俩之间解决,但不该由我来告诉你。"

"你是在福坦莫大学学会这么说话的,还是你自然而然就这么说了?"

"我很遗憾发生了这种事。"

"省省你的同情吧,弗兰克,如果你不介意我这么说。现在,在我离开之前,我需要明确一件事。这个孩子出生后会被立刻送给我婆婆,她会在她家里抚养。是这样吗?"

"这孩子会被领养。"

"被谁?"

"这就是我正在安排的。"

"托尼来领养?"

与恩佐、毛罗交涉账目比这更容易,想到此处她差点笑了。她一直欣赏弗兰克,因为他与其他人不同,他成就了自己的人生。但此刻她希望他更像他的哥哥们。

"我们正在安排具体事宜。"

"弗兰克,我知道你并不觉得这样有趣,所以直接回答吧。是托尼来领养这个孩子吗?"

"那个丈夫希望此事能一次性处理完毕。"

"弗兰克,如果托尼领养这个孩子,表格里不是也需要我的签名吗?"

"托尼会和你谈的。"

"我不希望这孩子在我附近。"

"哎,回家去和托尼商量吧。我再说一遍:你不能告诉他们你来过这儿。"

四

自从菲奥雷洛的大家庭搬到林登赫斯特①,在一条死胡同里建了四栋房子后,这些年来除了盛夏,每逢星期天他们都在一点钟聚餐,午餐持续整个下午。规划建房时,托尼的母亲就要求有一个很大的餐厅。如今每个星期天,她为她的丈夫、四个儿子、三个儿媳、十一个孙子孙女准备这顿饭,精心布置那张她的儿子毛罗为她打造的长餐桌。每星期都有一个儿媳在厨房里帮忙,协助她上餐,并在餐后洗碟子。

"我最喜欢你来,"弗兰切斯卡对艾丽丝说,"你总是那么冷静,不像莉娜随时会发脾气。你不懂意大利烹饪,也就不会像克拉拉那样批评我,她总是到处嗅探,哪都不满意。"

艾丽丝差点要问自己是否应该感到荣幸,但她喜欢和弗兰切斯卡相处,也欣赏婆婆尽力让每个人都愉快的行事风格。

然而星期天的午餐令她紧张。艾丽丝觉得一盘意面就足以把她撑饱,她对之后上来的羊肉鱼肉都没胃口。她不擅长参与餐桌上闹哄哄的玩笑话和相互干扰的闲聊。甚至到了星期一,她的脑海中仍然回响着此起彼伏的恼人声音。

---

① 位于长岛南岸的一个村子。

孩子们长大到能够上桌后，弗兰切斯卡就给他们立规矩。他们坐在那里必须安安静静，始终合乎礼仪。弗兰切斯卡立规矩的方式是幽默风趣、和颜悦色的，但莉娜和克拉拉并不这样，恩佐和毛罗也不是，他们会对自己的孩子吼叫、威胁。因为托尼和艾丽丝从不对孩子疾言厉色，罗塞拉和拉里在祖母家聚餐时享有特殊地位。

大人们喝咖啡时，孩子们可以离开餐桌。这个环节对艾丽丝而言是最糟糕的。没有一个人能够在不被别人打断的情况下说完一句话。一片叽里呱啦。

一天，艾丽丝参加午餐时带上了相机，她想拍些照片寄给母亲。每次她站起来拍照，大人都举起酒杯，面露微笑，孩子们也摆出快乐的拍照姿势。照片洗出来后，上面是一张摆满菜肴、酒瓶、盘子和杯子的餐桌，一家人欢天喜地聚在一起，犹如在过圣诞节，而不是一个普通的星期天。她的母亲在恩尼斯科西没有孙辈。马丁没有孩子。帕特和杰克住在伯明翰地区，难得回家。她母亲只在少数几个场合见过他们的妻子和孩子。于是，菲奥雷洛家星期天这样的聚会是她母亲从未有过的。艾丽丝决定不把这些照片寄给她。那会让她伤感的。

聚餐时，她的公公端坐于餐桌首席。如果上了羊肉，他就把切肉作为一项神职来行使。每个星期天他都让一个儿子坐在他右侧。他会渐渐地把话题转向他母亲当年从意大利来美国时在埃利斯岛上发生的事。

艾丽丝记得托尼在他们婚后不久就对她讲过这件事。

"他们遣返了他的母亲。她的眼睛有问题。她先被送去隔离，然后被一艘船送回那不勒斯。我父亲讲起这件往事，就仿佛它发生在昨天。来来回回都是这个故事。"

"她过了多久才回来？"

"她没再来。她一直待在意大利。"

"所以他再也没有见到她。"

"每到圣诞节，她都去某一个镇子拍一张她的照片。她会寄来照片。恩佐说，如果他得再听一次这个故事，他就先自我隔离。这故事曾使毛罗哭过，但现在他说他不会真的听，只是点点头。"

"你怎么做呢？"

"我会听。如果我不听，他肯定会注意到的。"

数年前，电视上播放反越战学生游行、静坐的新闻时，艾丽丝的公公批评抗议者，说警察太纵容他们。

"但这些抗议者不是很勇敢吗？"艾丽丝问。

"我宁可看到他们穿军装。"艾丽丝的公公说。

"我不想我的儿子去参战，"艾丽丝说，"所以我觉得他们是在为我抗议。"

这时候大多数孩子已经出去玩了。托尼低下了头。恩佐示意艾丽丝别再说了。

"我想不出还有什么事更能让我骄傲。"她的公公说。

"让儿子或孙子去参战吗？"她问道，一边看着弗兰克，她多次听到他抨击战争。

长岛

"为国家而战。我说的是这个。这会让我感到骄傲。"

艾丽丝希望这时会有人说话。有一刻,她觉得自己还是别说了,但接着她一阵恼怒,因为托尼和弗兰克都不支持她。

"这种看法,不是很多人的共识。"她说。

"你是指爱尔兰人?"她的公公问道。

"我是指美国人。"

"你懂什么美国人?"

"我和你一样是美国人。我的孩子都是美国人。我不想我的儿子被送去越南打仗。"

她直视着她的公公,迫使他转开视线。

恩佐率先打破局面,他发出一个气音,继而声音抬高成"哇哦",变得更响。他指着艾丽丝。

"你别说了!"

所有人都望着艾丽丝,只有托尼和弗兰克垂着头。

弗兰切斯卡终于站了起来。

"我想今天应该喝格拉巴酒,"她说,"我们大家喝咖啡时都来一点儿。有人帮我去拿杯子吗?"

那天轮到艾丽丝帮忙,但她没有动。莉娜和克拉拉从桌边起身,似乎都松了口气。

"你管不了她吗?"恩佐问托尼,仿佛艾丽丝不在场。

"恩佐,别找事。"毛罗说。

弗兰克把碟子叠在一起,准备送去厨房。

回家路上,罗塞拉和拉里跟在后面,这时艾丽丝略微为托尼

第一部 035

感到遗憾。显然他应该在餐桌上支持她，或者转移话题。但他无法违逆父亲。

争吵过后数日，艾丽丝独自在家时，她的婆婆端着一个苹果派来了。起初她们聊着罗塞拉和拉里，弗兰切斯卡表扬两个孩子的举止仪态堪为表率。接着弗兰切斯卡说起了每个星期天的午餐。

"我曾有一个梦想，我们平时各做各的事，星期天过来聚一下。孩子们围着餐桌，安安静静地坐着，大家不会在餐桌上说不该让孩子听到的话。"

艾丽丝心想她是否会被要求道歉。她已经准备好要用婆婆那种温软的语气，说她很享受那顿午餐，并不对她自己或别人说的任何一句话感到后悔。

"我经常担心你，"弗兰切斯卡继续说，"我常想，你在我们大家庭的聚会上，吃的都是意大利菜，听的都是意大利人在聊天，会不会想家。我经常闪过这个念头，有些时候你也许害怕这种聚餐。我知道如果周围都是爱尔兰人，我会有什么感觉。"

艾丽丝不知道这番话将引向何处。

"你那么有礼貌，融入得那么好，我经常寻思着，你心里究竟怎么想的。我不是说你有什么坏心思！我是说你和莉娜、克拉拉不同，你有自己的想法。我经常觉得你这样的人会嫁给弗兰克，毕竟他受过良好的教育。可你嫁给了托尼，孩子们都是你的功劳。你们四个都太棒了。生活充满了惊喜。"

艾丽丝盼望电话铃响起来，或者有人上门。

"你明白我的意思吗?"弗兰切斯卡问。

艾丽丝点头微笑。

"我突然想到,如果你不去经受那些漫长的星期天午餐,你会更快活的。"

艾丽丝假装没有听到。她要弗兰切斯卡直言用意。

"我突然想到,你会喜欢暂时有段时间不和我们一起。当然了,托尼还是会来,他的兄弟们会很想他,罗塞拉和拉里也会来。"

艾丽丝差点要问弗兰切斯卡是否认为没人会想她。但她只是问:"你和托尼说过了吗?"

"没有,不过我会说的。"

"你会怎么说?"

"我会说,我在想我们家的星期天聚餐,艾丽丝可能有点受不了。"

"我受不了?"

"太无聊,太吵闹,太多人同时说话。"

弗兰切斯卡用力咽了一口口水,仿佛说出这番话对她是一种折磨。如果接受建议,不再参加聚餐,那么艾丽丝就要大家——特别是托尼——清楚,这个提议来自弗兰切斯卡,不是她。

"我不希望任何人觉得我不喜欢和他们相处。"她说。

"但我们天天和你见面!"

"如果我不和托尼一起去,他会不高兴的。"

"我会向他保证这是我的主意。"

"哦,这当然不是我的主意。"

"我不想和你争吵,"弗兰切斯卡说,"你总是会吵赢。"

"我没有和你争吵。"

"我知道。当然了,如果你真想来参加星期天聚餐,我会确保你和其他人一样开开心心的。"

艾丽丝开始订阅《纽约时报》周日版。之前她都得等到弗兰克看完他的报纸,并希望他记得带来。

大家庭中所有人都去参加十点钟的弥撒,但往往分坐在教堂的各处。一直等到菲奥雷洛先生和弗兰切斯卡排队领圣餐,其他人才会过来。

托尼的父母穿着他们最好的衣服,莉娜和克拉拉把仪式视为时装秀,恩佐和毛罗穿西装打领带,穿着他们的好鞋子。艾丽丝不觉得托尼有必要打领带,她自己也不打扮,只戴一条朴素的头巾,不戴帽子,也不穿高跟鞋。

每当星期天其他人都去聚餐,艾丽丝独自一人读报纸,听收音机,悠闲待在房子里,她感觉很好。当她不再参加后,无人过问她,只有罗塞拉认定她是因为与公公争执而被开除的,罗塞拉认为这不公。

"等你到了我的年纪,"艾丽丝对她说,"你会喜欢独处。"

"可我觉得餐桌旁有张椅子空着,"罗塞拉说,"而你只不过说了你不想让拉里去参战。"

"我喜欢我的星期天,"艾丽丝说,"所以我不抱怨。"

五

艾丽丝试图把那个男人的来访逐出脑海，但他的声音总会冷不防地响起，犹如气温变化，光线移动，她不由得打个寒战。

托尼仍然没有告诉她，他和母亲打算怎么做。白昼渐长，她提议等他洗完澡后他们就去附近散步，希望他会与她谈谈此事。几次散步后，她一无所获，他们每经过一栋维修中的房子，托尼就会不厌其烦地观察。她很想把弗兰克告诉她的一切都说出来，但一想到也许以后还要弗兰克告诉她更多，就打消了念头。于是她没提起那个孩子和领养的疑云。她听着托尼讲故事，说笑话，附和他对那些房子的评价。她想，无论谁看到他们，都会认为这是一对完美夫妇。

一天，她把相机带去上班，想为达凯西安先生和他的儿子埃里克拍些照片，再拍几张汽修工和她的办公室的照片。

"我会把这些照片寄给我母亲，"她解释说，"我每次给她写信都会寄些照片。"

"她给你寄什么呢？"达凯西安先生问。

"老家的消息，如果有消息的话。"

"你一定很想她。"

"是的,特别是有段时间没收到她的来信,我就会担心她。"

"你为何不请她过来?"

"我觉得她不会来。她快八十岁了。"

"你多久没见到她了?"

"二十多年了。"

"她从未见过你的孩子?"

"没有。"

"那她一定为此感到很难过。"

第二天,艾丽丝到家时,莉娜正站在她家门口。

"我觉得我会找到你,"莉娜说,"我觉得我溜过来时没人看到,但谁知道呢,他们什么都看得到。"

她们进去坐在厨房餐桌边,莉娜说不用倒茶。

"我过来是想说,如果你有需求,我随时会帮忙。任何事。如果你需要钱或者建议,或者只想聊聊天。克拉拉也这么说了。她不想一起过来,因为那样会让你感觉落单,弗兰切斯卡也会调查我俩为什么来这儿。我们对那个孩子的糟心事感到震惊。我就是来说这个。"

她站了起来,手指在唇边一竖。

"别对别人说一个字,否则恩佐会知道我来过。在他态度端正前留睡父母家。"

艾丽丝还没来得及问她此言何意,莉娜已经走了。

在客厅桌子上,她看到一封母亲的来信。她拆开信时笑着想到,自从她来了美国,母亲就开始这套做法。她直接列出过去几星期中她在恩尼斯科西遇到的、问起艾丽丝近况、向她转达祝愿的人。什么人都有,店主、邻居、她的中学同学,还有她曾经最好的朋友南希·谢里登。

艾丽丝注意到有一个名字没被提及,那就是吉姆·法雷尔。当然,母亲很可能在某个时候撞见过吉姆,因为他就住在镇中心他开的酒吧楼上!

如果在路上遇到,他们就会想起二十多年前艾丽丝的姐姐罗丝过世后,艾丽丝从美国回来的事。

那年夏天在恩尼斯科西,艾丽丝与吉姆谈过一场恋爱。无人知道当时她已与托尼结婚,她母亲不知,南希不知,吉姆当然更不知。他们是在布鲁克林结婚的。艾丽丝曾想过一回家就告诉母亲,但又难以启齿,因为那意味着无论如何她将回到美国。

于是她谁也没告诉,谁都没说。后来,夏日将尽时,吉姆表明他想和她结婚,但她突然离去。

艾丽丝回到布鲁克林,与托尼安定下来后,就把整个夏天都抛诸脑后。奇怪的是,这份名单上有些人她都快不记得了,但吉姆·法雷尔的名字被遗漏,却让她想起了往事。

五月末狂风大作,天阴欲雨。她想,这像是爱尔兰,或多少像是韦克斯福德,夏天刚有几分消息,又被风中淡薄的寒意掩去。斜射的天光迫使她在开车时更集中注意力。

一天下午，快要转弯到家时，她决定继续往前开。她要去琼斯海滩，在海边散个步。

菲奥雷洛一家从布鲁克林搬到林登赫斯特后，刚开始的几个夏季，托尼和艾丽丝常在星期天一早去琼斯海滩。除了装着饮料和三明治的冷藏箱，他们还带着一把大遮阳伞，伞是醒目的黄蓝条纹，方便托尼的兄弟和朋友来找。当时恩佐已经和莉娜在一起了，但毛罗尚未认识克拉拉。

在那些星期天，到了午餐时分，一群朋友会聚到他们的遮阳伞周围，占住空间，等其他人过来。有几个托尼的老友和兄弟是从布鲁克林来的，小伙子们穿着漂亮的夏装，姑娘们穿戴最时髦的墨镜、沙滩鞋和泳衣。男人们通常抛下女人一起去游泳。他们在水边打球，然后筋疲力尽地回来躺平在沙滩上。

托尼是这群人中唯一的已婚男人。起初他不愿意把艾丽丝单独留下，当其他人喊他同去时，他似乎不放心。

"她会被照顾好的，"莉娜冲他喊道，"我们也想了解一下婚姻生活的秘密。"

托尼心神不宁地和兄弟朋友们去玩了，还不时地回来查看她是否安好。

"他可真是个深情的丈夫，"莉娜说，"如果恩佐对我能有他对你的一半好，我就知足了。"

在那些星期天里，所有去海滩的姑娘都认为艾丽丝和托尼的故事极为浪漫。

"我觉得你俩命中注定会相遇，"莉娜此言深得众人赞同，

"就算他没去那个爱尔兰舞会并在那儿找到你,你们也会在别处相遇。"

"还秘密结婚!你们一定非常幸福!"另一个说,"这让我相信了一见钟情。"

艾丽丝奇怪于她们对她所知甚少,但她什么都没告诉她们。

在下午某时,托尼会从同伴那里溜回来,问艾丽丝要不要和他去游泳。那个时段十分闷热,每一寸沙滩都被占据。他们得绕过一群人,再设法绕过另一群人。托尼牵着她的手,仿佛他们仍是男女朋友。

他似乎不介意她比他游得更好,也不在乎她会从他身边游向深水区。托尼不太敢跟着她,他站在齐胸深的水里,跳起来避开每一个浪头,望着她,笑着,寻求她的关注。当她回来站在他身边时,他羞涩地吻她。

从那时起,托尼不再把她留在一旁。他们找了个地方,一起躲在一把小伞下。其他人也就让他们独处了。

艾丽丝开到了琼斯海滩水塔附近的停车场。在盛夏的周末,那里是不会有车位的,倒是有些车会在那里绕圈,查看是否有人表示自己即将驶离。

孩子们出生后,他们还想照常去海滩。然而不是天气太热,就是人太多。于是他们开始在傍晚过去,等一切安静下来后,在海边安度一个小时。

艾丽丝还记得有那么一个傍晚,空气里仍然很热,沙滩空了一半,海水是这阵子最暖和的。她自己去游泳,让托尼照顾罗塞拉和还是婴儿的拉里。她一边蹚着水,一边好几次回头朝他们挥手。接着她从水边游开去,越过腾起的海浪,远处的水面更为平静。当她朝沙滩抬起头时,她看到托尼抱着拉里,罗塞拉跟在他身边,他对他们指着她,笑着。她朝他们游去。托尼把拉里放下来,拉里就朝她爬去。她以为他想要她抱,但发现他坚决地朝海水爬去。她和托尼、罗塞拉站在后面瞧着他那毫不动摇的样子。

她想,这是一幅全然圆满满足的画面。

此刻艾丽丝扫视着海滩,想要估摸出她曾经站过的地方和托尼待过的地方,可是海滩太长了,可能是任何一处。她定在那里,望着波涛,想着托尼和孩子们站在一起,想着他们正等着她游泳归来。

从五月到六月,托尼仍然没向她吐露他和母亲的计划。她想,他下班回家时那种随和的态度和好脾气,装得不着痕迹。她看着他努力隐瞒意图,真希望自己不必在餐桌上坐在他对面,也不必在夜间睡在他身边。

一天下午,她刚下班回家,就看到弗兰切斯卡穿过草坪朝后门而来。

她们在小桌子旁坐下来,刚喝过茶,吃了盘子里的饼干,弗兰切斯卡就直奔主题。

"托尼把孩子的事跟我说了。我很生气他拖延到现在。"

她的婆婆沉默下来。艾丽丝什么都没说,弗兰切斯卡只得继续。

"我们都大为震惊。现在你觉得我们该怎么办？我真希望你早些来和我商量此事。"

艾丽丝发现，这话暗指因为她不行动，婆婆才不得不插手，这轻易地将错误归咎于她。

"我一开始就告诉托尼两件事，"艾丽丝说，"第一，此事与我无关，应该托尼去处理。第二，我不会让这个孩子留在家里。"

"如果那个人照他说的来了，把孩子扔在我们家门口怎么办？现在也许不会了。也许他会恢复理智。"

"如果他把孩子扔在我家门口，我会让托尼送回去，因为他知道孩子是在哪家出生的，他也可以把孩子送去警局，或者某个会收留弃婴的人。但正如你说，也许那人会恢复理智，也许我们正在讨论一桩不会发生的事。"

"托尼不能把他自己的孩子送去警局。"弗兰切斯卡猛地说道。

"那不是我的孩子。"

"不管我们喜不喜欢这孩子，它都是这家的人。托尼是它父亲。"

"它不会是我家的人。我不管它的父亲是谁。"

"你想让它去孤儿院吗？"

"我没兴趣讨论这个。我已经对托尼说了我的观点。我的观点没有变，也不会变。"

她故意让婆婆难堪。

"如果罗塞拉和拉里知道他们同父异母的妹妹或弟弟被送去孤

儿院，他们会怎么想？你为他们想过吗？"

"别把他们牵扯进来。他们怎么想，不关你的事。"

她意识到自己说得太过分了。

"从来没人当着我的面这样说我的孙子孙女。"

艾丽丝差点要请弗兰切斯卡离开，但转念一想，她不太可能想和婆婆再探讨此事，所以她确有必要在这次听到一切。

"我不会让家里的安宁和快乐被打破，或者我的孩子们……"

"已经发生的不可改变。"弗兰切斯卡打断她说。

"这不是我的责任。"

"你跟他结婚了。"

"是的，我也告诉了他我作为妻子的感受。既然他与你谈过了，我很惊讶他没告诉你我对此事的感受。"

"哦，他说了，他说了。可是那解决不了问题。"

"你有解决方案？"

她希望自己已经为弗兰切斯卡打开一扇门。她现在可以把真实想法说出来。

"不，我没有。我毫无办法。就是这样。而且我为你难过。当托尼告诉我时，我对他说的第一句话就是这个。当然了，我一开始不信！我以为托尼会更有理智，应该感到羞愧。还有我不相信一个男人会不让妻子抚养自己生的孩子。可是托尼说，我们得把那人说的话当真。我觉得这对我们所有人都是一个十分悲哀的处境。所以我来问问你的想法。"

艾丽丝认为，弗兰切斯卡已经关上了那扇艾丽丝为她打开的门。艾丽丝不会再帮她。她冷冷地看着她。

"如果他把婴儿送来,"弗兰切斯卡问,"你会怎么做?"

"什么都不做。我不会开门。"

"如果孩子们在呢?"

"那个婴儿不会进这个家门。"

"即便它躺在门外的地上?"

"如果有必要,我会叫来消防队。"

"如果托尼有不同的看法呢?"

"你可以认为托尼的看法和我一致。除非他对你说了不同的话?"

她的婆婆疑惑地看着她。

"我确信他对我说的和对你说的并无不同。"

"所以你知道我的处境?"

她看得出弗兰切斯卡正在思考如何回答。

"我想我们所有人都会站在你这边,帮助你。"

"你帮不了我,除非你赞同我不会抚养另一个女人的孩子。"

"如果我来养呢?"弗兰切斯卡问,在艾丽丝还没打断她之前,她飞快地接道,"如果那人真的来了,我来处理,你说你不想养,我完全理解。"

"我告诉过托尼,他不能与那个男人或孩子有牵扯。这也适用于其他人。"

"我是其他人?"

"很感谢你想帮忙。但我必须对你讲明,我不会让这孩子留在我们身边。问题最好在出现的一刻就解决。"

"怎么解决?"

"把孩子送回原来的地方,或者叫警察。"

"我是说,如果那个父亲把孩子送来,我会应付他。"

"我不明白。你要如何应付他?"

"你不相信我吗?"

"我得明白你的意思。"

"我保证这事不会再麻烦你。"

"我需要你对我一五一十说明你的打算。我也要你知道,你和托尼没有任何权利背着我做任何计划。"

"我是他的母亲。"

"这又给了你什么许可?"

"艾丽丝,我会尽力而为。我只能这么说。"

在接下来的沉默中,艾丽丝发现自己被困住了。即使她告诉婆婆,她知道这个计划,弗兰切斯卡也只会矢口否认。她坐在起居室里,看到了未来的光景。当她从厨房窗口眺望,她将看到托尼的孩子正被它的祖母养育,它刚会走路,就踏上这片草坪,草坪在艾丽丝的房子和弗兰切斯卡的房子之间,中间没有篱笆。她能说些什么来制止此事呢!

"我不会容忍,"艾丽丝说,"我的孩子的幸福和快乐受到任何威胁。"

"没有人威胁任何人。"

"万一有人这么打算的话,我不会容忍这个孩子被养在你家,就在我们眼皮底下。"

"可是谁说过有这种可能性?"弗兰切斯卡问。

艾丽丝意识到谈话已经到了头。婆婆准备欺瞒她。

"我会尽力而为。"弗兰切斯卡又说。

艾丽丝本想请她行行好,什么都别做,但转念一想又没开口。

"我们来往太少了,"弗兰切斯卡说,"我们应该多见见面。"

弗兰切斯卡站起来,等着艾丽丝也起身并送她出门。但艾丽丝端坐不动。弗兰切斯卡离开房间,独自走向前门。艾丽丝知道,婆婆对礼貌有严格要求,这番刻意的冒犯会被铭记在心。这一举动,加上她说过的那些话,将在她俩之间制造一道难以弥补的裂痕。她感到安慰,至少她不是一无所获。

艾丽丝看了看时间,打电话到修车店。埃里克·达凯西安接了电话,确认他的父亲还在那儿,暂时不会关门。艾丽丝说她这就开车过去。

之后她在厨房里干活时,托尼过来了。

"我母亲今天来过了?"

"是的,她来过,"艾丽丝说,"和她见面很愉快。"

"我觉得她在担心你。"

"我们聊得很好。"

"所以没有问题吗?"

艾丽丝发现自己正站在刀具抽屉边,她略一沉吟。

"你笑什么?"托尼问。

"只是想到了你母亲告诉我的趣事。"

"什么事?"

"莉娜的事,"她说,"不过我已经答应了保守秘密。"

她想,如果他们能对她说谎,她也能对他们说谎。

熄灯后,她等了一会儿。但她怕托尼快睡着了,就碰了碰他肩膀。

"我要去爱尔兰了,"她说,"我要去看我母亲。"

他没有动。

"今天我和达凯西安先生谈过了,他说我可以去。"

"你何时去?"他低声说。

"很快。"

"去多久?"

"我母亲在八月过八十岁生日。我先教会埃里克做我的工作,不过他就要去上大学了,我会回来接手的。"

片刻后,她听到他喃喃说了句什么。她起初没听清,只得让他再说一遍。

"你答应一定会回来吗?"他低声说。

这个问题,还有话里的伤感,令她惊讶。

"我很抱歉所有这些事,"他又说,"对不起。"

她没说话。

"你答应一定会回来吗?"他又问。

"也许你会答应,我永远都不会看到这个孩子,你家的人不会涉及它的抚养事宜?"

他叹了口气。

"我不知道怎么办。那个丈夫是个说到做到的人。他很野蛮。他会把孩子送到这儿来。"

"我在等你的承诺。"

"我会尽力而为。"他说。

"星期六,你带罗塞拉去上体育课,把拉里留给我。你不在家时,我会把这事告诉他,等你回来,我再对罗塞拉说。"

"现在告诉他们是不是过早?"

"他们需要现在就知道。"

星期六,托尼和罗塞拉走后,拉里来厨房抱怨艾丽丝让他留在家中。

"我需要你在这儿。"她说。

"为什么?"

她示意他跟她去起居室。

"什么事?"他问。

"你父亲的事。"

"我都知道了。"

"你知道什么?"

"我发过誓保守秘密。"

"对谁发誓?"

"对所有人。"

"是什么秘密?"

"他有一个女朋友。"

"谁告诉你的?"

"上星期天,餐桌上大吵一架,因为恩佐叔叔和毛罗叔叔哈哈大笑,指着爸爸开玩笑。恩佐叔叔模仿一个抱着婴儿的男人。接着莉娜婶婶弄明白了这个玩笑的意思,就走了出去,然后恩佐叔叔去奶奶家睡了。"

"爸爸没有女朋友。"

"我是这么想的,但他们不是这么说的。"

"有个女人就要生孩子了,爸爸是孩子的父亲。"

"那么她是他的女朋友。"

"她不是,从来都不是。他曾在她家干活。"

"然后他们一起生孩子了?"

"她怀了孩子。那个女人的丈夫说,他不会把孩子留在家里,所以他要把它扔在我家门口。"

"你会怎么做?"

"我要去爱尔兰。八月十五是我母亲的八十岁生日。我想去为她贺寿,但我很快就会动身。"

"爸爸会和你一起去吗?"

"不,他当然不去。"

"我能和你一起去吗?"

"你想去吗?"

"是的。我只见过奶奶,我想见见外婆。"

"罗塞拉也认为爸爸有一个女朋友?"

"不,他们是不小心被我听到这些话的。当时罗塞拉已经回家去学习了。"

在等待托尼带罗塞拉回来的这段时间,艾丽丝意识到这才是她最害怕的。她知道罗塞拉与她父亲感情很好。她听到托尼的汽车声,等了片刻后,才去罗塞拉房间找她。

"我就知道有事,"罗塞拉说,"但之前想不出来是什么。你确定吗?"

"确定?"

"那人会不会并不……"

"不,看起来,他是说真的。"

"那孩子一定是爸爸的?"

"我听到的是这样。"

罗塞拉坐到床边。

"我希望我没听到这个。我知道这话很蠢,但我就是这么希望。"

她哭了起来。

当艾丽丝告诉罗塞拉,拉里会与她一起去爱尔兰,罗塞拉说她也要去。

"我不想待在这儿。但我的实习到七月底才结束。"

"你和拉里可以到时再来。"

她们默默坐着,直到艾丽丝去找托尼。

"罗塞拉和拉里也去爱尔兰，"艾丽丝说，"我会在月底先去，他们晚些再去。我们可能需要向银行贷一笔款。"

"那么这事已经定了？"托尼问。

"是的，定了。"她用给客户打电话的声音说。

"我对此事没有发言权？"

"没有。"

罗塞拉和拉里一起出现在门口。

"如果我说我不想让你去呢？"托尼问。

"这一切是你造成的。我对你的孩子解释你的事很不容易。"

"我说过对不起。"托尼说。

他转身看看罗塞拉，又看看拉里。

"我已经向你们母亲道歉。"

"我们也抱歉了，"艾丽丝说，"星期一我们就要开始安排行程。"

罗塞拉走过去拥抱父亲。拉里朝艾丽丝瞟了一眼，她示意他也应该这么做。她退后一步观察，看托尼是否会做些什么来让他们同情这个被丢下的人，从而达到劝阻他们去爱尔兰的目的。

后来在卧室里，托尼别扭地走来走去。她知道他不喜欢独处，如果她和罗塞拉、拉里不在家，他会去别人家里，而不是独自待着。这些年里，除了艾丽丝生孩子的那些日子，他们每晚都睡在一张床上。她记得在艰难地生了拉里后，她不得不在医院里多住了些时日。托尼听说消息，一脸苦色。他想要她回家。他喜欢事情一切如常，和家人生活在一起，父母兄弟都在近旁。她知道他一定害怕她离开。她想，如果他真的不想她走，他只消说她永远不会看到那个孩子，永远不必担心孩子会被他母亲抚养。但此刻她已了然，他是不会说的。

　　托尼要她答应会回来。直到此刻，她并未想过另一种可能。托尼还在房间里徘徊。她去了浴室，迟迟不出来。她回来时，他还没上床。她不希望他走过来或拥抱她。他们对视了一瞬，交换了一个遗憾的眼神。终于他们上床关灯，她感到如释重负。

第二部

一

　　薯条店里满是油烟味。南希正在拧一块抹布,要在开门营业之前把柜台打扫干净。她想了想家里还有谁,心头便一阵轻松,女儿米里亚姆已经出门。如果米里亚姆在,她会从卧室里冲下来说她一贯说的话:这股气味已经侵入楼上,染上她的衣服,进入她皮肤的每一个毛孔。

　　南希朝楼梯井喊了一声,看杰勒德是否在楼上,但没有回音。如今薯条店生意兴旺,银行里也存了钱,他就常去集市广场另一头斯坦普的店,或是拉夫特街上吉姆·法雷尔的店,和镇上其他的生意人一起喝一杯。南希匆匆下楼时,本希望儿子在这里。

　　油烟腾起后,薯条店里的空气越发凝滞。她打开排风扇,它先发出哒哒声,继而转为很响的有节律的嗡嗡声,这时常引来邻居的抱怨。

　　然而当排风扇也无济于事,她被烟熏得淌眼泪时,唯一的办法是打开朝向集市广场的门,把烟排出去。她希望这时没有熟人经过。

　　数月前,在市议会的每月例会上通过了一项议案,公开谴责她这类的店营业扰邻,她不得不答应每逢星期一、星期二、星期三在酒吧打烊前关闭薯条店。但那都不是最忙的日子。薯条店大多数生意是在周末，打扰的是住在他们家商铺和办公室楼上的人家。

她擦拭台面时，发觉窗外有两个人正瞧着她。时值六月，外面仍然天色大亮。她没管是谁在窥视，继续干她的活，但当她再次抬起头时，她看到是罗德里克·华莱士先生——广场那头的爱尔兰银行的经理，还有他的妻子多洛雷丝。当初南希关闭超市，开薯条店时，华莱士断然拒绝给她贷款，而在投诉薯条店的人当中，他是最起劲的一个。还有在某次网球俱乐部的舞会上，他的女儿挖苦了南希的两个女儿，嘲讽她们的母亲和肮脏的薯条店。

此刻，罗德里克和多洛雷丝都站在门口。

"这地方和以往一样脏。"罗德里克大声说道。

南希抬眼看去，多洛雷丝直接朝她发话。

"因为这气味，我们通常不会走这条路，"她说，"今晚这里太熏人了。"

"你肯定违反了规划法案。"罗德里克又说。

南希开始清洁柜台对面墙上的一排窄壁架。店里的空气好些了。再过一会儿，她就开门营业。

"如果你的丈夫还活着，"罗德里克继续说，"我相信他会和我们一样对此感到遗憾。"

南希一动不动站了片刻，然后朝门口走去，她擦过罗德里克和多洛雷丝，走到步道上。

"我相信你很快就会被调任了，"她说，"恩尼斯科西很多人会乐意看到你们滚蛋。"

她看了多洛雷丝一眼，又把目光投向罗德里克。

他们缓缓地从她身边走开时，她发现一群人正在广场对面密切观察这一幕，其中有她的儿子杰勒德。

"你们可以滚回科克，"她又说，"哪儿来的哪儿去，你们两个！"

罗德里克转身。

"你敢再说一遍。"

"没问题！滚回科克，你们两个！"

后来，杰勒德和朋友去了韦克斯福德，米里亚姆说她想早睡，南希担心别人是不是听见了她与华莱士夫妇的口角，他们会指责的一定是她，而不是他们。这又是一个她给集市广场带来不体面的例子。

生意不好，她提前几分钟关门。排风扇仍然噪音很大，她关了排风扇，敞开门放出剩余的烟气。她走到外面，发觉一直持续到最近的寒意已经缓和下来。今夜是暖和的。

她锁上门，调暗了灯，做最后的清洁工作，这时她发觉窗外又出现了一对男女。她好笑地想到可能是华莱士夫妇又来了，他们会点涂满番茄酱的洋葱圈汉堡，或者要求她重复一遍她对他们说过的话。

天已黑，她看不清他们是谁。但当这两人稍稍退开时，她看清楚了。她不知道他们的名字，但知道他们住在夏山那边的一个退伍军人保障房中。他们生了一连串孩子。镇上大多数酒吧都不允许他们入内。他们经常醉醺醺地来买薯条,一连来三四个晚上,然后消失。她不知道他们在两次酗酒之间是否待在家里。她知道,他们喝醉后,那个不知叫什么名字的妻子比她的丈夫更能惹事。曾经有一天夜晚人很多,他们等不及,就挤过人群,要求插队先买。还有几次,他们不知道她在周中提前关门,在酒吧打烊后过来,嚷着要买东西,但时间太晚了,她没让他们进来。

他们贴在窗外,手挡在眼前遮住灯光。接着他们敲起玻璃窗,想引起她的注意。她起初没理睬,但即便她打开主灯,朝他们做了"关门了"的口型,他们还是继续敲窗子。男人打手势让她开门。她摇头,继续干活。

他们仍不放弃。

"一买到薯条,"女人喊道,"我们就走。"

南希指了指油炸锅,双手举到空中告诉他们,半夜三更她什么也做不了。

"去你妈的,开门,"女人喊道,"我们饿死了。"

她的丈夫猛捶玻璃。

南希关了后堂的灯,来来回回地把四个高脚凳靠墙摆放整齐。她想到,邻居们想必正在侧耳倾听。她盼望能有人出来帮她,或者杰勒德能从韦克斯福德回来。米里亚姆睡在后屋顶楼,不大会听到这边的动静,南希也不指望叫醒她来帮忙。米里亚姆七月就要结婚,南希想,她会乐意离开这栋房子。她的另一个女儿劳拉即将考取律师证,每次从都柏林回来都少不了说几句鄙夷的话。

"给我开门,否则我就把门踹开。"女人喊道。

南希上了楼,拳头砸玻璃的声响仍然不绝于耳。她走到前窗,没有开灯,希望自己不会被看到,但那女人此刻已站在街上,一眼瞧见了她。

"你,给我下来!"

如果她打电话报警,她想,警察也许会指控这对夫妇。那么她就会被叫去举证,此事会登上当地报纸,她的薯条店又会与不检点的行为和声名狼藉的人联系在一起。

她决定打电话给吉姆·法雷尔。他应该还在拉夫特街的酒吧里打扫卫生。

电话铃刚响,他就接了起来。

"我马上到。"他说。

吉姆来了,南希站在窗口,听着他和那对夫妻说话。他的口气像是一个执勤的警察,或是某个管事的。她估计他对处理这种场面早有经验,因为他开着一家热闹的酒吧。他让那人停止敲窗,让女人停止喊叫,然后放低声音和他们谈话。

终于,那对夫妻走了。南希下楼找到吉姆,吉姆跟她上了楼。由于起居室正在为米里亚姆的婚礼做装修,他们便在厨房里坐了下来。她喜欢吉姆不爱笑也不多话的性格。总要过好一会儿,他才变得自在起来。

他告诉她,他让那对夫妇保证不会再来骚扰她。

"他们还是不能进你的酒吧吗?"

"是的。但他们知道原因,也接受了。"

她听到杰勒德上了楼。他朝厨房里张望了一下。

"有事吗？"他问。

"一切太平。"吉姆说。

"你有没有听说我母亲和那个银行经理的事？"杰勒德问。

吉姆表示他不知道杰勒德在说什么。

"没事，"南希说，"他们就是来抱怨油烟味。"

"不过，你给了他很多思考的空间。"杰勒德说完后就向他们道了晚安。

他们听着他上楼，听到他进浴室。吉姆朝她打了个手势，默默地表示如果他回家去，过会儿她可以跟来。她笑了。

"一会儿见。"他小声说。

她和他相好快有一年了，虽然她不确定是否该用"相好"这个词来形容。他们从未一起出现在公众场合。但有时候在薯条店和酒吧关门后，吉姆会打电话来，南希会穿过集市广场，溜到拉夫特街，通往酒吧楼上吉姆家的侧门没有落锁。南希想，这真奇怪，两个四十好几的中年人还像少年人一样偷情，但很快这事就会改变了。

她仍然喜欢没人知道他们的事，完全没人知道，她相信甚至没人猜得到。

通常当她离开他的床后，就会悄悄地溜出他家，吉姆会预先查看街上是否有人。她很小心。如果有人看到她，就会好奇南希·谢里登为何在凌晨教堂敲响三点钟时在恩尼斯科西镇上散步。她上楼去自己的卧室时，也注意不发出一丁点儿声响。

她记得在圣诞节深夜离开自己家时，集市广场空无一人，她知道吉姆一定又在拉夫特街楼上的房子里等她。

那晚她看到吉姆正坐在沙发椅上,面前摆着一杯杜松子酒加汤力水,另一把椅子旁边的小桌上放着一杯装了很多冰块的橙汁伏特加。她看到了一盘碎牛肉派。他们闲聊了片刻,甚至讨论了天气以及莫纳特村的吉姆表亲家的圣诞晚宴。她看到他涨红了脸,看了看地板,又瞟了她一眼,神情紧张。

"我突然想到。"他刚开口就停下来喝了口酒。

"我突然想到……"他再度开口,叹口气看着地板,"你知道,我一直在想。"

"想什么?"

"如果有人发现你来这儿,对你是不利的。"

她以为他是想结束这段关系。借口就是他为她的名声着想。她决定尽快离开。她呷一口酒,发现他倒了过多的伏特加。

"我知道你很独立。你独立,有一套自己的行事风格。"吉姆望着正对街道的一扇长窗。南希觉得此刻自己应该起身了。

"我突然想到……"他又开口,"我觉得如果我们真的在一起生活会很好。"

南希动手剥开一块碎牛肉派的锡纸包。

"我已经考虑了一段时间,"吉姆说,"我想,如果你愿意,我们可以更认真一点。"

他又叹气,用手指搅了搅酒里的冰块。

"我觉得如果我们都想要,你知道,想要……"

他看着她,仿佛她会帮他说完这句话。

"想要?"

"我想我们要更多地见面。"

她喝了一大口伏特加,皱了皱眉。

"怎么了?"他问。

"没什么。你伏特加放多了。"

"你要不要……"

"不用,没事。"

"我的表达方式不对。"他说。

"我在听。"

"我知道这有点不寻常,因为我们一直都认识。我们不是二十一岁的年纪了。"

他像是在自言自语。

"你怎么想?"他问。

"哦,反正我不是二十一岁了。"她说。

"我也不是。"他回道。

她点点头,接住他的目光。

"我想知道我们彼此都是认真的。"他继续说。

"吉姆,你能否把话说清楚?"

"我们下次再谈。但我想你已经明白我的意思了。"

接下来几个晚上,她都去他家。他们商量该如何安排,怎样让一个有三个孩子的——最小的即将年满二十——四十六岁的寡妇与一个和她自幼认识的同龄单身汉结婚。这个单身汉还在多年前的夏天与她最好的朋友谈过恋爱,后者一声不吭地抛弃了他和恩尼斯科西,回了美国,伤透了他的心。

"我无法想象在教堂里当着全镇人结婚。我不知道孩子们是不是想看到他们的母亲穿婚纱。"

"我们可以按自己的想法来,"吉姆回道,"不想做的事就不做。"

他们准备到这一步时,南希的长女米里亚姆在新年前夕宣布了与马特·沃丁订婚,并计划在夏天完婚。

"让她享受她的大日子,"吉姆当时说,"让他们先结婚。我们等他们办完了再说。在他们结好婚之前,我们不告诉别人我们的计划。"

当米里亚姆把婚礼定在七月最后一周,吉姆表示,她母亲和他要等到九月再公开,如此才体面。

"没人会相信我们。"南希说。

"他们会很快习惯的。"

南希想,奇怪的是,杰勒德从未想过他母亲和吉姆正在筹备结婚,尽管杰勒德常在吉姆不忙时去他的酒吧,和他聊当天的新闻。即便看到他母亲和吉姆午夜后一起在厨房,他也没有感到纳闷。

"我觉得这很奇怪。"南希说。

"杰勒德很聪明,"吉姆说,"但他只知眼见为实。"

南希想,她与吉姆结婚之日,将是她的大喜日子。不过,她的订婚消息在镇上传播之日,也值得庆贺。吉姆老成可靠,大家都喜欢他。近些年,他的酒吧生意蒸蒸日上。所有的年轻教师、律师和银行职员都去那里喝酒。吉姆能够迎来新客人，同时不失去任何一个老客人。他有一个跟了他多年的酒保沙恩·诺兰。南希知道沙恩和他的妻子科莉特把吉姆照顾得很好。

"你少不了他们，可我不知道房子里新来一个女人，他们是否会有点不乐意。"

"沙恩对任何事都安之若素。"

在南希叫来吉姆帮忙赶走那对吵闹夫妇的当晚，她离开吉姆家时，盘算了一下还需要多久她的生活才能改变。再过十星期，他们就能宣布订婚。她想象着在九月初的十一点钟或十二点钟弥撒上，人们在教堂里看着她。她也许会穿一身从都柏林的施韦泽斯或者布朗托马斯商店里买的新套装，戴一顶也许前面有薄纱的帽子。弥撒结束后，人们聚到教堂前，这时他们都会向她贺喜。她不确定想要哪种订婚戒指，但应该是朴素的。米里亚姆的戒指是那么美丽、耀眼，她不希望女儿觉得自己是在与她较量。

她在街上站了一会儿，听到吉姆在里面锁门。她感到在与吉姆幽会的这些夜晚，时间过得很奇怪。现在当她决定绕远路去集市广场时，她与罗德里克·华莱士夫妇的口角仿佛已是许久之前的事，来喊她开门营业的那对夫妇也是如此。与吉姆共度的时光令她身心愉悦。乔治过世后，她把自己困在寡妇的生活里。她有时在厨房里待到很晚，害怕长夜难度，辗转难眠。

她沿着城堡街走到斯兰尼街的顶端，发觉自己还不想回家。她喜欢独自走在空无一人的镇上。在她的一生中，每个人都认识她。没有秘密。而现在,假如有辆车驶过,或者有个人走路经过,他们不会知道她从哪里来,她在想什么,在计划什么。

和吉姆成为人生伴侣,不太可能是个圈套。他是一个有话直说的人。从一开始,她就想问他,这些相遇真的只是偶遇,还是他想过甚至一度计划过要那样遇见她。

她记得多年前那个夏日里的星期天,就在她与乔治结婚之前,她和吉姆,还有在姐姐过世后从美国回来的艾丽丝·莱西一起去了古虚的海滩。吉姆与艾丽丝在谈恋爱,乔治和南希也是。他们不只是四个朋友,也是两对恋人。当时吉姆心里有过她吗?她想问他,他是从何时有了他俩可以在一起的念头。如果他告诉她,他一直注意她,心里一直有她,那么她就安心了。或者是否曾有那么一天,他看到她走在街上,或坐在车里,对她有了新的想法。

他虽然腼腆,也自信,对自己相当肯定。他有一种不合群但也不会招致他人反感的性格。

她从城堡山下坡,上了城堡街,寻思着吉姆如果打算安定下来,为何不找一个更年轻、更有魅力的。自从乔治过世后,她体重剧增。她经过棉花树咖啡馆时,决定要节食。她有几本杂志,上面有关于如何恢复身材的文章。

早晨,她听到米里亚姆给装修工开门,接着是杰勒德和他们开玩笑的声音。等到她起床,米里亚姆已经去上班,杰勒德也一定出门去了。

他们觉得在米里亚姆婚礼前几星期,很多人会来送礼,而薯条店楼上的起居室已经破旧,需要重新装修。米里亚姆和南希的小女儿劳拉认为房间里的所有家具都得扔掉。她们说,房间不要贴壁纸,要粉刷。地毯不要有图案,要纯灰色。

"全都扔掉。"劳拉当时说。

"电视机也扔掉?"南希问。

"特别是电视机和糟糕的电视机架子。"米里亚姆回答。

"我们在这个破破烂烂的地方凑合了这么多年。"劳拉说。

"没有破破烂烂。"

"汉堡和洋葱圈的味道钻进了我的衣橱和衣服。我从我的鞋子上都闻到了。"

"但它付了账单。"

"好极了,"米里亚姆说,"那么它也能买下一卡车我们在阿诺兹商场里看到的新款高档家具。还有,墙壁要刷成白色,或者米白色。"

"我们还买了一些版画,准备装裱起来,"劳拉又说,"窗户得彻底清洁。我们找到了一台店里用的排风机,也许它能真正起作用。"

"你们全都计划好了。"南希说。

无论在什么日子,薯条店里总有活要干。她想,等到她与吉姆结婚,杰勒德就能接单,处理收据,去银行。在周末,他总是在薯条店里陪着她,另外还有一个名叫布鲁奇·福利的女孩,她的母亲和南希是中学同学。她在星期五、星期六和星期天晚上来店里工作。星期六,他们一直开到凌晨两点,虽然南希答应了邻居在一点关门。

她想离开镇子，搬到一个不会一走出家门就被人看到的地方。广场那头的海伦娜·亨尼西已经搬去了大卫镇附近一栋漂亮的平房。她告诉南希，卢卡斯公园有一处地基出售。

南希差点就出价了，但随即想到不能不征询吉姆的意见。她还没对他说过自己的计划——他们会搬离镇子，把集市广场的房子留给杰勒德，也许会把吉姆酒吧楼上的几层租出去。她想，他们将享有更多的私密。夏日里，坐在花园中，那是她梦中的情景。

现在她最喜欢的是在早上沏茶，烤吐司，然后拿来她在都柏林买的素描本，还有几把尺子、塑料三角规、T形规、彩色铅笔，规划她心目中要建的房子。

由于米里亚姆和她的丈夫将会去半小时车程外的韦克斯福德生活，杰勒德也会住在当地，她得考虑建一栋让未来的孙子孙女能常来的房子。她在规划中留出了一个大厨房的空间，孩子们看电视时，她可以做饭。

门铃响时，她看了看钟，快十一点半了。她一直沉浸在测算和绘图中，整个上午都过去了。今天有几批货要送来，她下楼时以为会见到某个常来的供应商。但门口站着一个女子，她一看到南希就笑出声来。

"希望你不介意我这样上门。"

这声音毫无疑问是艾丽丝·莱西。艾丽丝垂下目光又抬起眼，南希发现她没变。她的脸瘦了，个头似乎更高了。她更沉着了。仅此而已。

"请进！请进！"

她解释了家中为何有装修工，对艾丽丝说了婚礼的事。

"你参加我的婚礼，就像昨天的事，但也可能不像。现在米里亚姆都要结婚了。她订婚时我很意外。他俩都在韦克斯福德工作。都是很理性的人。如果他们已经签好了退休金计划，我也不会惊讶。"

她们上了楼，站在起居室的门外。南希担心自己话太多，仿佛非得向艾丽丝说明自己的情况。当她意识到自己其实并不是非得这样，她笑了起来。但笑得太大声。她把客人带到后屋的厨房，并迅速收起了素描本、尺子和铅笔。

"你这趟回家待多久？"她们坐在厨房桌边时，她问道。她看到艾丽丝从短袖连衣裙下露出的胳膊，发现她的皮肤很光滑。接着南希注意到她纤细的腰肢和精心修剪的指甲。南希再次端详她的脸，艾丽丝并没有比实际年龄更显得年轻，但精神十足，毫无风霜之色。她眼神明亮，脖颈上几乎没有皱纹。南希太过专注地看她，都没听到她说了什么。她只得再问艾丽丝这趟回家待多久。

"我大概会在八月底回去。"

"那么你能在这儿参加婚礼。米里亚姆的婚礼在下个月。如果你能来就太好了！"

她们聊了一会儿各自的孩子。南希一度想问问艾丽丝在美国嫁的那个男人，但转念一想，还是等艾丽丝自己提起他的名字。她觉得奇怪，朋友竟然没有说起他。

"你的母亲如何？"南希问。

"比起从前,她更会说心里话了。我还不习惯这点。也许这是个好迹象。我不知道。"

南希问起莱西太太时,以为艾丽丝会说她母亲就是八十岁老太太的状况,或者给一个惯常的回答。但她惊讶地发现艾丽丝的口吻中带着一丝恼意。

她们聊起了她们记得的那些老师,一起参加过的舞会,但都没说起艾丽丝在美国两年后回来的那个夏天。在那个夏天,所有人都知道,她和吉姆·法雷尔正在热恋。那个夏天以艾丽丝不辞而别回美国告终。吉姆没有告诉任何人发生了什么。而艾丽丝的母亲,据说一直到当年圣诞节过后才在街头现身。但南希终于发现,艾丽丝早就结婚了,她其实在布鲁克林有一个丈夫。她谁都没告诉,连母亲都瞒着。

南希发现真相后,把那个夏天她和艾丽丝的所有过往都回忆了一遍。她记得当时艾丽丝和吉姆双双来参加她的婚礼,吉姆以为自己找到了此生挚爱,南希和乔治鼓励他在艾丽丝回美国前向她求婚。

南希记得,在艾丽丝离开后,她第一次遇见莱西太太时,她已经怀孕。她正在超市旁的戈弗雷商店里买报纸,莱西太太进来了。店里光线昏暗,南希觉得可以装作没有看到她。

"你在躲着我吗,南希·谢里登?"莱西太太问道,"镇上人都还在躲着我吗?"

"哦,上帝,我刚才没看到你,莱西太太。"

"好吧,我看到你了,南希。也许我们下次见面时,你可以想

第二部　073

个办法也看到我。"

她一脸不悦地走出戈弗雷商店。

此刻艾丽丝正不解地看着她。

"南希,你没在听我说话!"

"你说了什么?"

"我说你一定为婚礼感到兴奋,可你都没听进去。"

"我是很兴奋,"她说,"乔治死后,唯一让我坚持下来的就是孩子们。看到米里亚姆幸福、安定,就是最大的安慰。还有劳拉就要当初级律师了。"

她觉得艾丽丝的裙子是棉布的,但这种棉布比她见过的都更厚重。裙子的浅黄色对她来说也很新鲜。但最奇特的是腰部,腰带怎会是同样的棉料和同样的颜色。她很想问问艾丽丝的腰围尺寸,她是如何保持身材的。

"你在想什么?"艾丽丝问。

"我刚想问你是怎么保持身材的。"

"我有两个常年节食的妯娌。哪怕我胖了一盎司,她们都会察觉。"

"我真的需要在婚礼前减肥,"南希说,"可是只有五个星期了。我应该在新年就开始的。你真的能来参加婚礼?"

"我很高兴来。"

"招待会是在怀特谷仓。希望那天会很愉快。"

南希和她说了薯条店的事,意外地发现艾丽丝的母亲似乎并没有提过此事。她还说了杰勒德有意接管生意,也许今年夏天还会在韦克斯福德,或者戈里镇,或者考镇再开一家店。艾丽丝也向她打听了哪里能买新的冰箱、洗衣机和炉灶,她要为母亲添置。

"她的厨房还是老样子。"

艾丽丝快离开时,似乎迟疑了一下,然后问:"吉姆·法雷尔怎样?"

"哦,他很好,很好。"

"我是说,他有没有……?"她顿了顿。

"结婚?不,他没结婚。"

艾丽丝点点头,若有所思。

"但他在都柏林有人,关系密切,"南希说,"或者我是这么认为的。他守口如瓶,但在这个地方,你很难守住秘密。"

艾丽丝表示她很清楚这点。

南希不知自己为何编出了吉姆的事,其实只消说他没结婚就好。

艾丽丝走后,南希突然心生愤恨,她当年是怎么对他们的,她从未对他们解释她为何回美国,她欺瞒了他们整个夏天。

南希回到厨房,似乎是第一次注意到它是多么寒碜。丽光板台面全都开裂了,沥水台上堆放着脏碟子和餐具。窗户也需要清洁。

南希拿起碟子,卖力地洗了起来,仿佛这能改变什么。她希望艾丽丝在她和吉姆婚后一两年后才回来。她想要艾丽丝去参观她的新房,和她一起坐在她梦想中敞亮的厨房里。

她又想到,她不该没问过吉姆就邀请艾丽丝参加婚礼。艾丽丝出现在她门口,她乱了阵脚,话说得太多也太快。她觉得不该立刻把这事告诉吉姆,而要在无意中提到艾丽丝的来访,瞧瞧他的反应。她思考着该让艾丽丝坐哪儿。她得再看看桌席安排。婚礼上一定会有很多人还记得艾丽丝·莱西,会想要见她。她会引人注目。大家都会发现她多么漂亮,多么有魅力。南希对此确定无疑。

她在楼梯平台的镜子里瞅了一眼自己。她下定决心,以后白天穿衣要精心挑选,不能随便从衣柜里拿一件还合身的穿上。艾丽丝一定注意到了她穿得多么糟糕,脚上还是一双旧家居拖鞋。她现在要上楼,换上体面的衣服。

二

货物送到时，艾丽丝正与母亲在厨房里。她的哥哥马丁一定在门口干什么活，因为是他开的门。两个送货员已经从货车上卸下冰箱、洗衣机、炉灶。艾丽丝走到门口，发现有几个邻居正在密切关注这一幕。

"管道工已经在路上了，"一个人说，"所以我们要在厨房里找个地方安装洗衣机。装炉灶的人明天来。今天他在班克洛迪。"

艾丽丝看到货物的尺寸，才发现没征询母亲的意见就买了这些东西是个错误。在回家的高兴劲儿的驱使下，她一时冲动想为母亲做些特别的事，她以为这会是个惊喜。她无法相信她离家二十多年来，房子里一切照旧，同样的墙纸，同样的窗帘、胶麻地垫、破旧的地毯，床上是同样的毯子和羽绒被，厨房里仍然没有冰箱，炉灶也是以前的，做饭靠罐装气，还没有洗衣机。她母亲把床单和毛巾送去洗衣房，自己的衣服手洗，用的是一块在艾丽丝看来还不如送进博物馆或干脆扔掉的洗衣板。

她母亲在厨房里喊。

"外面是怎么回事？"

一个送货员从门廊走进厨房，艾丽丝也跟了过来。

"我们现在可以拆旧炉灶了，"他说，"一秒钟就能弄好。"

第二部 077

"一秒钟干啥?"她母亲问。

那人没理她,叫来了他的同事。

"最好把东西放在要安装的地方,免得他们再挪动。如果管道工能提前到就好了。"

"什么管道工?"母亲站起身来问道。

"来安装洗衣机的。"

"我没有买洗衣机啊。"

"我买的,"艾丽丝说,"我买了几件厨房里的东西。"

"什么东西?"

"就是他们刚送来的这些。"

她母亲缓缓地从门廊走到前门,艾丽丝跟了过去。马丁和一个送货员站在一起。

"我能问问这都是什么吗?"

"哦,"那人说,"这是冰箱,那是炉灶,这台是洗衣机。我们正在等管道工来。"

"那么你们走错门了。"

"妈,"艾丽丝问,"我们能否去屋里谈?"

在起居室,她向母亲解释自己干了什么。

"都不问问我的意见?"

"我以为会是一个惊喜。家里有冰箱和洗衣机真是很好。"

"如果我需要它们,我自己早就买了。我不是坐在这里等你回来除旧换新的。幸亏我不是,否则我得等很久。"

"东西都卸下车了,钱也付了。"

"哪条法律规定他们不能把东西原路送回？"

在她来爱尔兰之前，她的小叔子弗兰克在她上班时给她打了一个电话，约定在一家商场的停车场见面。他选了一个安静的地方谈话。

"如果你想让我，"艾丽丝说，"站在托尼的立场上看问题，或是站在你母亲的立场上，那么你是在浪费时间。"

"我想给你一个地址，和你保持联系。"

"是他们派你来给我传消息的吗？"

"没人让我传什么消息。我是为了别的事。"

"什么事？"

他递给她一个厚信封，里面装满二十美元的现钞。

"这是干什么？"

"给你的，路上用。"

"里面有多少？"

"两千。"

"我为什么需要这笔钱？"

"我的祖父曾经回过一趟意大利。他想求他的妻子再次尝试动身来美国。他差点连路费都凑不齐。但当他到了村里，他的家人和我祖母的家人为他举行了盛大的聚会。第二天他们带他去看地，他们准备在那儿建新房。一切都准备就绪了。他们以为他腰缠万贯回乡。他一开口，他们就听到美元在响。当他们发现他破产了，他就对他们没用了。"

"这与我有何关系？"

"我觉得你最好带点钱，万一用得上。也许带着罗塞拉和拉里去旅行，租一辆车，或者给你母亲买件礼物。你一直对我很好。这是我力所能及的。没有附加条件，不是借给你的，我不会要回来。"

"可是你已经够慷慨了，为罗塞拉付学费。"

"这段时间你很不容易，这只是帮你一把。"

艾丽丝看得出母亲想拿定主意。这会儿她不知道自己还能说些什么。母亲步履迟缓，特别是上楼梯或站起来时，似乎感到疼痛，但她话语间有了一种从前没有的力量和决心。她从前更温顺随和。

母亲回到送货员站着的地方。冰箱、炉灶、洗衣机堵住了门廊。马丁还在与一个邻居说话。艾丽丝听到她哥哥放声大笑，恨不得他赶紧进屋。

"这些都付过钱了？"她的母亲问送货员。

"是的，钱付了，也送到了。"

"好吧，我不确定该把它装在哪里，该怎么使用它，你们暂时把它留在门廊吧，让我想一想。还有，你们能否叫管道工别来了？"

"他已经在路上了，太太。"

"好吧，等他来了我告诉他。"

他们走后，艾丽丝和母亲、马丁坐在厨房里。

"谁来付这些机器的电费单？"她母亲问，"它们很费电。费电！冰箱会整日整夜地耗电。等你回到美国晒太阳，我就得在这儿付账单了。"

当母亲表现出强势的样子，马丁就紧张起来，神经兮兮，坐立不安。他有一部老款的莫里斯小型车，常常得好一会儿才能发动起来。他第一次从英国回家时，带了一笔工伤赔偿金，他在十英里外的古虚悬崖边买了一栋维修不善的小房子。他似乎每天都在那里和母亲家之间来来去去。如果他白天在镇上，就会出门散步或去酒吧。如果夜里在镇上，并且没喝醉，他会话说到一半就站起来宣布自己要走了，而汽车发动不起来的嘶哑噪鸣，为这一幕更添戏剧性。最后发动机运转起来，发出轰鸣。

艾丽丝私下问过他，他是否也认为母亲变了。

"她只和你在一起时才那样。"他说。

"为什么？"

"谁知道？"

她渐渐明白了母亲为何不想家里有一台冰箱。这意味着她能经常出门买食品，去法院街海斯家的店，或者欧康诺小姐的店对面那些店，或者再去马丁·多伊尔的肉铺、集市广场比利·克维克的店。现在她要艾丽丝跟她一起去，她俩艰难地从门廊的大件货物边挤过去。艾丽丝想说服母亲至少把洗衣机装上，但母亲说她需要时间考虑。

"等我决定了怎么做，我会告诉大家。"

母亲每次去店里都会打扮起来，穿上好鞋子，戴上帽子，站在镜子前，别上一支老式帽针。她要求艾丽丝也精心打扮。然后到了街头，或是进了店铺，人们会说艾丽丝是多么精神，他们见到她是多么高兴，于是母亲会尽可能地让聊天持续下去。

"不用多久我们就会见完整个镇子的人，"艾丽丝说，"他们看着我的眼神，仿佛我是从月球归来。"

"看到他们这么亲切可真好。"母亲说。

当她告诉母亲，南希邀请她去参加米里亚姆的婚礼，母亲并不感兴趣。

"上帝才知道谁会去。"

"这话是什么意思？"

"各种混混都去南希的薯条店。他们先去一家还会接待他们的酒吧喝酒，然后去南希那里买炸鱼和炸薯条，接下来就是吐一地，甚至更糟，如果天底下还有更糟的事。"

"我相信这不是南希的错。"

"她来者不拒。她喜欢钱。说到这个，我要给你看一样东西。"

母亲离开房间。艾丽丝能听到她缓步上楼的声音。她想，明天得另想话题讨好母亲。

母亲拿着银行存折回来，打开给艾丽丝看。存款里有一大笔钱，远比莱西太太从微薄的退休金中所能积攒的更多。

"我不需要被救济。"她母亲说。

"可是这些钱是从哪来的？"艾丽丝问。

"是我的，不是别人的。"

"可你是怎么……"艾丽丝不知该如何问出这句话。

"你的哥哥杰克从我手里买了这房子。两年前他从伯明翰回来时,我和他谈妥了条件,我会住在这房子里终老,然后马丁能住在这里,直到他去见他的造物主。再然后房子就归杰克或他的家人所有。这条件对谁都合适,因为杰克很有钱。他生意顺利时,手下有五十多人。我想告诉你这事,有两个原因。第一,这样你就不会认为我需要接济。第二,等我去见上帝时,你不会指望能分到房子。"

"我没指望过任何东西。"

"那么我们就没问题了。"

一天天地无事可做。艾丽丝抵达都柏林机场时用弗兰克的钱租的车,一直停在门口。她提议开车出去兜风,但母亲反对。

"上车也许可能,但我知道我怎么都下不了车。到时我们怎么办?我会丢尽脸面。"

起初,艾丽丝觉得母亲和马丁在餐桌上的聊天很有趣。有个住在圣约翰别墅区的女人,名叫贝蒂·帕尔,她在主街的一家保险公司工作。每天早晨,她都从法院街的房子前经过。她通常颇有气派地携着一把精致的雨伞。她的衣服也很精致。她的头发染得乌黑,脸上涂着厚厚的脂粉。

"你们知道我听说了什么?"艾丽丝的母亲问道,"我听说那个贝蒂·帕尔给教皇写信了。哦,那是在她母亲死后,所有家人都离开了镇子,她自力更生,身边只有她的雨伞、服装、脂粉、染色的头发。她孤孤单单,任谁都会这样,还悲悲戚戚。但接着她干了什么？给教皇写信！把自己的事都告诉了他。你们能想象在一个忙碌的日子里梵蒂冈发生这种事？教皇被早早叫醒。起床，有一封贝蒂·帕尔的来信。"

当母亲第二遍和第三遍讲起此事，马丁一再哈哈大笑，并怂恿她讲下去，艾丽丝明白过来，他已经听过很多遍。

第一个星期结束时，母亲讲的故事大多重复了不止一遍。但她不时地发掘出镇上其他人物来评论和贬低。

"乔西·卡希尔路过我家时会来聊几句，她以前不这样。我不知道这是为何，直到我明白她是想炫耀。她的儿子，第二个儿子，正在学医。他已经读完了第一年。卡希尔家没人有脑子。我几乎当着乔西的面直说了。她娘家那边也都没脑子。我记得她的父亲是送煤工，她有个兄弟是遛灰狗的。"

"那孩子要当医生不是很好吗？"艾丽丝问。

"但如果他在镇上开诊所，没人会去。"

"也许他会在别处开？"

"希望如此。我可不想卡希尔家的人给我扎针。"

她母亲八点起床，九点收拾完早餐桌。一点半，他们用正餐。餐后就无事可做。艾丽丝不想独自开车出去，也不想独自出门散步。她回家是来陪母亲的。

一天傍晚，她母亲和往常一样早早上床，这时艾丽丝听到马丁来了。她知道，他只要有可能开车出去，就不会醉酒。母亲告诉她，前一年他被警察拦下，被判六个月禁止驾驶。

这天傍晚，他似乎不像平时那么躁动，答应和她一起喝杯茶。

她问起镇上的酒吧,只想借此打开话题,但当他历数他钟爱的地方时,她意识到自己即将能够向他打听吉姆·法雷尔,并且把问题问得很自然。

"母亲说你伤了他的心。"马丁说。

"母亲说的事可多了。"

"他的酒吧经营得很好。他在后屋开辟了一个大空间,找来一个小伙子和沙恩·诺兰一起当酒保。我从没见过有谁不喜欢沙恩·诺兰。"

"吉姆·法雷尔自己呢?"

"他在那间宽敞的后厅里招待所有老客,也招待年轻人。有时候那里很喧闹。周末在后厅只能站着。我周中才去那里。"

"我听说吉姆在都柏林有个女朋友。"艾丽丝说。

"他每个星期四去都柏林,但九点就回来,而且他整个周末都工作,我不知道他还有时间约会。"

"你对每个人都了如指掌。"

"这就是我喜欢这里的原因。我了解所有人。"

艾丽丝心想,如果母亲在场,她就无法问很多吉姆·法雷尔的事。此刻她故意沉默下来,看看马丁是否还会再说些他的事,但他没再说别的,很快去了他在古虚的房子。

母亲没有提到吉姆。她对托尼和他家人的事也不关心,甚至艾丽丝试图聊起罗塞拉和拉里时,也没有得到热情回应。她曾在信中对母亲说过达凯西安先生的修车店,但当她在回家后头几天里提到修车店,母亲似乎不知道她在说什么。她希望情况能渐渐改变，但她明白，此刻母亲不想听到她的美国生活。

当母亲拿出杰克在伯明翰近郊的大房子的照片，还有他的妻子孩子在各种庆祝活动上的照片，艾丽丝心想她寄来的罗塞拉和拉里的照片都去哪了。母亲走到房间那头找出另一本相册，但那是帕特和他的家人在博尔顿的一栋较为朴素的房子里的照片。在接下来的一天中，帕特、杰克和他们在英国的家人成为她母亲的主要话题。艾丽丝得知了她的侄子侄女上的学校、度假去的地方，马丁的长女在大学里学科学，帕特的长子是个数学奇才。

艾丽丝此刻发觉，她不该这么早回家。她回想起自己是如何做出比孩子们提前一个月到的决定，部分是为了在得知托尼母子的进一步计划之前就离开他们。可她并没有细想过这些日子将会如何，下午和傍晚将会多么漫长，多么无事可做。

她刚到那天，写了封短信给托尼，告知她已平安抵达。她没有说租车的事，免得他担心花费。她尽量不显得过于冷淡，但也没说她想念他。

数日后，她能更轻松地给罗塞拉、拉里还有弗兰克写长信。写信时，她想象着在林登赫斯特的死胡同里他们的一个寻常早晨。在这样的夏日中，她会比其他人起得更早，经常在他们起床前就用完了她的早餐。这个时节在那房子里多么容易醒来！接着达凯西安先生会与她打招呼，讲起他刚读过的某本历史书。她会见到常客们，会打电话要求尽快送来某个零件。而且她始终知道有几间房间在等着她——她的卧室、厨房、起居室，还有她熟悉的声音——拉里和堂亲们玩耍的声音、托尼的车倒进车道的声音、托尼进门时的说话声。

她心想还能否找回这一切。她发现自己盼望着收到托尼或他母亲或弗兰克的来信，说他们开始从她的立场看待此事，或者那个男人回来说他们夫妇决定亲自抚养那个孩子。

她希望罗塞拉和拉里是在此刻到来，而不是在数周之后。她希望母亲会让她聊聊他们。但她不许自己去想她最期盼的事——她不是在母亲的起居室里写信，听着母亲在楼上房间里蹒跚走动，而是在自己家中，在长岛自己的房间中，在穿过窗帘的初夏柔光中醒来。

她在信中对罗塞拉说了南希家的婚礼，又说她想买条新裙子，或者如果能找到喜欢的，就买一身套装穿。她写道，她母亲从不错过电视上的六点钟新闻，但如果九点钟新闻的标题没变，她就会抱怨。她打算写写马丁，写他在悬崖的房子和母亲镇上的房子之间不停地来回，但又决定将此事写在给拉里的信中。对弗兰克，她淡淡地提到在曾经那么熟悉的家中，她感觉如此陌生。她没在任何信中提到托尼。她压根不想说到托尼。

她对任何一人都没说起，她和她母亲还有马丁至今仍绕着门廊里尚未拆封的冰箱、炉灶、洗衣机挤来挤去。她相信，摆在那里越久，就越不可能退回去。

她在早间醒来时，房间仍然暗着。她寻思着是什么让她害怕接下来的一天，但她发觉并没有什么。她在母亲的家中，如此而已。她躺在那里时突然有了个主意，她想换一张床。她确定这张

第二部 | 087

床垫就是她在二十多年前睡的那张。现在它变薄了,中间也凹陷下去了。床单和被单有种奇怪的绸缎还是蜡一样的手感,被子会在夜间滑下去。

她想着罗塞拉和拉里来了之后能睡在哪。她自己睡在曾与罗丝同住的房间。马丁睡在曾与他弟弟们同住的房间。阁楼上还有一间得爬梯子上去的空屋,但从未使用过。除了她母亲的房间,没有别的卧室了。

一天晚上在九点钟新闻过后,她提出了床垫和床单的事。她不指望母亲会有积极回应,但她觉得最好在此刻提出,那么也许在罗塞拉和拉里到来之前,能在此事上让母亲的态度软化。

"它究竟有什么问题?"母亲问。

"买几张新床垫和床单可能会挺好的。或许可以让罗塞拉睡新床,睡在我房间里,也许我们可以为拉里买一张床,放在阁楼间里。"

"他为何不能睡在马丁房间的某张床上?"

"马丁总是白天夜里进进出出。"

"你的孩子们想要新床?"

"不是,他们什么都没说。"

"那么,我们何不一切照旧?"

艾丽丝没有回答。

"我注意到,"她母亲继续说,"现在人们过度宠溺孩子。他们要这个买新的,那个买新的。但往往并不是孩子想要,而是父母想要。他们要出去工作、闲逛,没有足够时间陪孩子,于是就买谁都不需要的奢侈品来补偿孩子。我在收音机上听到有人讨论这事。"

艾丽丝决定尽快转开话题。

"你一定期待着过生日,"她说,"杰克和帕特会来。我们都会在这儿。"

"我完全不想这事。我不想小题大做。"

"哦,但罗塞拉和拉里是为此而来,杰克和帕特也为此而来,马丁说他们有几个孩子也许也会来。"

"你一定还记得曾经住在四十七号的老太太。"母亲说道。她脸上闪过一丝满足感。

"简·赫加蒂小姐,人们总是这么称呼她,"母亲接着说,"她很贵气,住着一栋漂亮房子。简·赫加蒂小姐为人很有礼貌,名声很好。她上了年纪后,有个神父,也是她家的朋友,每星期拜访她一次,给她送圣餐。每隔一段时间会来一个护士,但她不喜欢那个护士。后来有人发现她快满一百岁了。我们都被邀请去参加在她家中举办的聚会。我去了,因为我相信她邀请了我。我怎能不去呢?可是组办聚会的是一群低级的人。对了,不是所有人都低级,但那也足以把聚会办成白吃白喝的了。大家说那里有酒可喝。乡巴佬们进了她家。当然,他们不仅自己灌足了伏特加——如果不是杜松子酒的话,还灌了简小姐,简小姐不知情地喝了加了柠檬汁的酒。他们喝醉了,她也喝醉了,后来有人把她扶到床上。第二天她死了。她因为聚会而死。前一天伏特加庆祝,第二天棺材、灵车接送。如果有人认为这会发生在我的生日上,他们最好改变主意。我会锁紧房门。"

"聚会只有家人参加。"艾丽丝说。

"家人往往是最糟糕的。"母亲回道。

艾丽丝站了起来。

"我想出去散个步。"她说。

"夜里这时候出去?"

她想开车出去,也许去韦克斯福德,在那里的主街上走一走。这是一个暖和的夜晚,西边天空仍有些微亮光。她决定走到集市广场,然后也许沿着斯兰尼街下坡,趁着最后一抹天光走到河边,到时再决定做什么。她心想,明早可以问马丁要杰克或帕特的电话号码,征询他们的意见。但他们很可能回复说这都是她的错,她不该没问过母亲就买了冰箱、炉灶、洗衣机,她不该离乡这么久。他们还会说,母亲年事已高,一生不易,艾丽丝至少不该再抱怨她。

她经过阿斯贝尔家的店时,差点想去教堂街,但她继续沿着拉夫特街朝广场走。她想,也许她应该努力倾听母亲说话,对她讲的故事表示喜欢,哪怕她讲了不止一遍。八十高龄,守寡三十年,必定很不容易。

她正盘算着也许可以劝说母亲哪天跟她一起开车出去,就看到有个人站在吉姆·法雷尔的酒吧门口。她立刻认出那就是吉姆。她不知道他是否看到了她。他正望着另一个方向,但他可能已经发现了她正从对面的人行道走来,才刻意转开视线。

她确定即便她低下头,他也不会注意不到她。街上没有其他人。如果她转头朝对面望,他们便会视线交会。她不知道该怎么做,也无法想象他会如何回应。也许他并没有认出她。但如果他真的看到了她,他们无法只是点个头,或礼貌地道一声你好。

　　她最好还是别再朝他看,她要继续前往广场,不再回头。这样的偶遇难免会有,然而她从未想过,一旦她看到了他,心里会生出一股冲动,就像现在这样,想朝他走过去,想和他说话,想听到他的声音。可是她不能这么做。

　　她得继续步行穿过镇子,仿佛他并未站在酒吧门口望着她。

三

吉姆想朝她高喊一声,让她回过头来,如此他就能确定她真的是艾丽丝·莱西。他几乎确定她看到了他,因为她突然扭过头,似乎为了避开他的视线,可还是迟了,他已经瞧见了她。

酒吧的常客了解他与她的过往。当然会有人告诉他,她回来了!他认识她的母亲,经常在街上看到莱西太太。艾丽丝突然离开那阵子,他们几乎彼此不理不睬,但现在遇到了,她会朝他友好地一笑。当然还有马丁,马丁喜欢在傍晚六七点钟来酒吧,但他从不与别人长聊,也从不久留。吉姆记不得上次与马丁说话是何时了。

沙恩·诺兰在吧台后面。新来的酒保安迪正在收杯子。这天是星期五,生意繁忙。在关门前一小时,吉姆努力干活,和往常一样希望能有法子劝阻客人别在最后五分钟再点一轮酒。再过一会儿他就得站在他们面前,要求他们喝完,否则就得拦住小伙子安迪,不让他夺走客人喝了一半的酒杯。

安迪脾气急躁,时常有放肆之举,吉姆觉得他难相处。他从周六一直到周日下午都不上班,因为要去打橄榄球、踢足球,还有板棍球。

"他为酒吧带来了一大群新客人,"沙恩说,"我们不能不让他玩球。"

"我不介意他请假，"吉姆说，"但我不喜欢他来通知我的那副样子，好像他才是老板。"

"你可以把钥匙和钱交给他负责，这是他最大的长处。"

"你怎么知道？"

"如果不是这样，你以为我会把他推荐给你吗？"

"可你是怎么知道的？"

"我认识达弗瑞门那边他所有的亲戚。"

吉姆从父亲手中继承过来的酒吧曾是一个安静的地方，来的都是老顾客，只在周末才忙碌。到了1960年代末，女人开始逛酒吧，镇上有几家开辟了休闲区，添设地毯和雅座。吉姆一度考虑过，还画过规划图，但后来没有实施。于是酒吧仍然保留着1920年代他祖父买下来时的格局。他觉得一部分木结构的年代也许更久远。

渐渐地顾客群体变了。有几个教师开始在周中去他那里喝酒，然后酒吧就成了他们的好去处。在周末夜晚，吉姆得为他的常客预留前门附近的位置。没过多久，新客们就知道无论酒吧里多么拥挤，他们也不能霸占这片区域。

如今吉姆把后屋多年未用的空间开辟出来，安迪的那些年轻的球迷朋友就常来常往。吉姆每逢星期四休息，一早开车去都柏林，但总是在九点回来，照看最后几小时的生意。

在他看到艾丽丝·莱西的那天晚上,等到最后一拨客人离开,沙恩也早早地走了,吉姆决定叫安迪来打扫并锁门。

吉姆上楼坐在起居室的沙发椅上。他用沙恩的妻子科莉特为他留的食材做了一个三明治。他注意到她最近不常来酒吧。她仍然每隔数日就为他做一个黑麦蛋糕,不过是交给沙恩带给他。

以前科莉特会趁吉姆在楼上时过来。他会听见她打开从酒吧通往门廊的门,并喊他的名字。她会和他一起喝茶,但她总是装作还要去别处,不能久留。

他觉得她就像一个带球上场的球员,在等待一个时机。她从日常琐事开启话题,打听负责打扫房子的安迪的母亲,谈起她自己的孩子和镇上的新闻,再聊到吉姆自己,最终不可避免地导向关于他单身状况的讨论。她想督促他找个妻子。

"谁会要我?我都快五十岁了。而且我怎么约会?我每星期有五六个晚上都在酒吧里守到半夜。"

"有很多女人愿意和你约会。"

"说一个出来!"

他站起来伸伸腰,意思是她应该走了。

"你看,一个都没有。"他说。

他欣赏她绝口不提他的失恋,也就是她知道的那几次。她试图让吉姆觉得她只是来闲话家常。他会让她自己决定应该在何时打住这个话题。

她再来时,他还没请她坐下,她就打开了这个话题。

"我想到了一个人,"她说,"你不许笑。不能立马回绝。我考虑过了，我有了一个名字。"

"你和沙恩讨论过这事吗？"

"当然没有！我什么都没告诉他。"

"那么把这个名字告诉我吧。"

"我怕我一说出口，听着就不对了。我宁可写下来。"

"我给你拿一张纸，尽快了结此事。"

"我已经写好了。在这儿。"

她递给他一张纸，他打开来。

他瞧见这个名字，猛地看了她一眼。

"我都认识她一辈子了。"

"我就知道你会这么说。"

"我们一直都有机会，但谁对谁都没兴趣。"

"现在你年纪大了，更明智了，她也是。"

"她为什么会考虑这事？"

"吉姆·法雷尔，看看你！你英俊，善良，工作努力。她是个好人，而你孤单寂寞。"

"这就足够了？"

"我从未听过有人说她一个字的不是。她的孩子都成年了。她真的很可爱，吉姆。她的笑容很可爱。她经历过艰难时日。"

"你想要我和她结婚？沙恩知道此事吗？"

"我已经说了，他不知道。没人知道。我只是想着你一个人过日子挺惨的。如果你一直坐等，永远都找不到对的人。"

"南希·谢里登就是对的人？"

"她非常合适。"

在他的请求下,科莉特没再提起南希的名字。而他也有一阵子没再想起此事。

之前,他发现自己在考虑几个新近来酒吧的姑娘,有教师,也有银行职员。他担心她们来点酒时,他盯着她们的眼神过分关切。现在他开始考虑南希·谢里登了。多年前,艾丽丝·莱西在老家的时候,他们曾有一次在星期天去游泳。他还记得南希换泳衣的样子,尽管当时他的注意力大多在艾丽丝身上。他记得她用毛巾擦干身体,她皮肤上起了鸡皮疙瘩,她拉下泳衣的肩带。

现在她年纪大了,发福了。但他琢磨着假如她在屋里,情形会是如何。她缓缓地脱衣,上床,朝他转过身,拉起他们身旁的被子。

夜里他结束工作后,想象着她在起居室里等他,一切都收拾得整整齐齐,窗帘拉好了,壁炉也点上了。

令他感到欣慰的是,他知道这个念头并不荒唐。来酒吧的姑娘们对他没有兴趣,也永远不会有。但科莉特或许是对的,如果南希·谢里登知道他在考虑她,那么她会有积极的反馈,并非不可能。

他有几次在街上看到南希时,停下来与她聊得比往常更久。她知道在薯条店的事上,他是站在她这边,与集市广场的居民唱反调的。她向信用合作社申请贷款时,他也曾为她说过话。于是他注意到,某天他们在拉夫特街与广场相交的街角遇到时,她向他坦陈,有些醉酒的顾客是何等难对付。

长岛

"你问他们要不要盐和醋，他们说要，于是你给了他们，但给都给了，他们说他们根本没要盐和醋。然后他们会用你都不会相信的各种绰号来叫你。他们还不付钱。他们还不回家。"

他一边听着，一边意识到此刻他可以说一句话。如果他说了出来，她便会有所觉察。他心想如果换一个日子，他也许不会说，但此时他已经说了。

"如果你在夜里需要帮手对付麻烦的顾客，可以打我酒吧的电话。哪怕很晚都行，我通常还没睡。我会立刻过去。"

他看到她若有所思。有那么一瞬间，她似乎要把这话当成一种随意的示好，但接着她合起双手举到嘴边。她面露愁容。

"我常希望我能有人可以打电话。"

他感到自己或许不会再有机会表明心意。

"我经常想到你在那儿一个人，"他开口，随即断然说道，"只要你打电话来，我眨眼间就到。"

她没有脸红，没有笑，也没有流露困惑。

"到时我会给你打电话。"她说。

在窗户临街的大起居室里，他打开了一盏灯。他庆幸之前让安迪留下打扫卫生。他在街上一看到她，就想上来独自待着。他确定那是艾丽丝·莱西。如果早一两秒钟看到她，他们就会视线交接。如果是那样，他不知道接下来会发生什么。他会走到街对面去和她说话吗？

自从二十多年前他最后一次见到她后，她时常进入他的脑海。

他想要自己相信，她一定也想念过他。也许不是每天，但一定有过。

她曾给他留了一张便条，说她要回布鲁克林，并且当天早晨就出发了，在那之后的几个星期，他都盼着收到她的来信。也许是一封长信，也许是一个电话。在她突然离去后的几天中，他曾想过她也许在登船前的某一刻会转身，她正等在都柏林或科克或利物浦的某家酒店里，她会出现在恩尼斯科西，说她对那张便条感到后悔，她一度慌了心神，但她回来了，他们可以在一起。

他觉得假如他猜到她要走，他会有办法让她留下。他思索着自己想说的话。他不会太过纠缠，免得惹她讨厌。但他相信自己能够说服她，她和他在一起会更快乐，哪怕他们得离开镇子，甚至离开这个国家。可他从未得到这个机会。他再也没收到她的信。

后来，在艾丽丝离开一个月后，吉姆的母亲路过了一家店，那是一个名叫内特尔斯·凯利的女人开的。她看到凯利小姐正站在门口。凯利小姐告诉法雷尔太太，她在布鲁克林的表亲玛奇·基欧了解到一桩事实，艾丽丝·莱西已婚。

"她嫁给了一个意大利人，如果您不介意我这么说。我不知道她是在哪里遇到他的，但我知道她是在布鲁克林的某个教堂和他结的婚。后来她回了老家，打扮得像个美国人。我相信她那个愚昧的母亲都不知道她结了婚。可怜的吉姆。这就是我要说的。但我希望他吃一堑长一智。"

他的母亲出现时，吉姆还以为父亲出了什么事。尽管吧台后只有吉姆一人，她还是叫他和她一起上楼，她有话要说。

"竟然做出这种事！"吉姆的母亲把从凯利小姐处听来的消息告诉了他，"她都结婚了，还勾引你！哦，还好她自己走了。"

他觉得艾丽丝已婚这事不合情理。她为何不说？他为何对她在美国的生活一无所知？他回想起在克拉克劳的海滩上的一个傍晚，他对她谈起了自己，那些事是他从未对别人谈过的。她注意听着，似乎那对她很重要。但他想到，她确实从未对他说起她的任何生活细节。他相信她会留在他身边，所以那显得并不重要。他确定当她和他在一起时，她心里没有旁人。难道他错了？他无法相信她存心欺骗他。他希望自己曾和她谈过，希望她会给他写信，他也会回信。但几个月过去后，他明白她确实走了，不会回来了。

同时，流言在镇上传播。第一个告诉他的人是当时在酒吧工作的戴维·罗奇，他听说某天晚上艾丽丝和吉姆在集市广场中央大吵一架。接着他母亲也说了同样的事，还说艾丽丝离开是因为她丈夫从美国来找她。他想，这太不可思议了，竟然要费工夫说服自己的母亲，这些故事纯属虚构，只除了那一个——凯利小姐威胁要告诉全镇人艾丽丝已婚，艾丽丝便回到她的丈夫身边。对于已发生的事，他只知道这些，他估计自己也只能知道这些。

如果他们遇见，他不知该对艾丽丝说什么。她会从别人那里听说他至今未婚，他的生意做得很好，他在镇上仍然受到爱戴和尊重。如果别人不告诉她，她的母亲也会说，或许马丁也会。

他听到安迪在楼下锁门，便进了厨房，从冰箱里拿了一瓶啤酒。近来他已决定不在每天深夜独酌。那会让他郁闷。但此刻他想喝酒，因为他满脑子想着艾丽丝在对面街上走过时是什么模样。

他讨厌谣言传播，还有他们跟他津津乐道的样子。在吧台后面，他是一个囚徒。谁都能对他随心所欲地说上两句。他永远无法预测会听到什么话。也许是一个坐在吧台椅上的单身顾客，喝上几杯后旁敲侧击地说："我听说那个莱西回美国了。"在一个热闹的晚上，他正在收起柜台上的零钱，一个他从未见过的人嘀咕了一句，"我说你跟那个艾丽丝·莱西分手是件好事。她早就不是黄花闺女了。"

终于大家忘了此事，开始闲话其他事。他父母迄今住在格兰布瑞恩村的一栋房子里，那是他母亲从一个老姑妈那里继承来的。酒吧楼上的居室是他的。艾丽丝回美国后，他母亲时来探望，但她把事情变得更糟，她悲伤地看着他，说酒吧楼上的房间得有女人才好。

"你会找到其他人的。我遇到你父亲时，他也被这样抛弃过。大多数人都有过。这是人生必经之事。"

星期六夜晚，他无暇从酒吧分身去韦克斯福德的大舞会，在恩尼斯科西，他也不喜欢雅典娜俱乐部里的人头簇拥。于是在艾丽丝离开后的那个夏天，吉姆开始在星期天夜晚开车去考镇。最好别和一群人同去。如果他想走，就可以悄悄地走。他发型整洁，那年夏天他穿着好西装、白衬衫，打着条纹领带。他早早地到那儿，站在旁边观察，他知道在酒吧关门后，真正的人潮才会到来。

他担心自己独自站着会显得奇怪。他看到几个女人很不错，但她们不是有伴侣，就是有同伴。有几次他邀请某个姑娘跳舞，但没有遇上他想再见一面的人。

他希望自己能放松心态，像其他人一样享受氛围。他距离恩尼斯科西二十多英里。偶尔他会看到某个家乡来的人，但大多时候他在这儿是个陌生人，而这正合他意。

渐渐地他发现不和一群人同去，对约姑娘这事实在不利。如今人们已不再像他当年刚开始去舞厅那会儿，习惯在音乐间隙走进舞池向一个素未谋面的人邀舞。好几次，姑娘看到他走过来就扭转身。好几次，他一怒之下提前离开舞厅，开回恩尼斯科西，他宁可独自待在车里，也不要在考镇舞厅里靠壁站。

夏季快结束时，他遇到了梅·惠特尼。她是与戈里镇橄榄球俱乐部的一群人一起来的，其中有几人他也认识。他想弄明白她是否有男友，但她看起来不像心有所属。问题是如何吸引她的关注。他考虑过不动声色地走过去，希望橄榄球俱乐部的人会把他介绍给她，但那样有些操之过急。

那晚还有三四支舞。如果他再不行动，灯光就会亮起，国歌也会奏响，而他还是没能认识她。她正在与另两个姑娘谈笑。

"打扰了，"他走上前去，也没想好要说什么，"我知道你和朋友在一起，但我想……"

他还没说完，她已答应和他跳舞。他心想她是否会和他跳到下一轮，到时灯光会暗下去，音乐也会慢下来。考镇和大多数地方一样，最后一刻钟是留给亲密舞的。音乐安静下来，就更容易说话了。

他心想如果他提出开车送她回家,她会说什么。她说,她住在库尔格里尼那边,在戈里镇的一家药房工作。他得到的印象是,她没有自己的车。有几次他望过去,注意到她的朋友们正看着她。他以为她打算和他们一道回家。但等到晚上结束时,他发现她以为他会送她回家。

在车里,他很高兴她能一直有话可聊,她问他酒吧的事,想要弄明白它在恩尼斯科西的具体位置。她说,她的朋友们和两个哥哥刚才也在舞会上,他们一定知道那家酒吧,因为他们去恩尼斯科西玩过,但现在她不想和他们说他的事。

"这样你就会成为秘密,"她说,"这会让他们发疯的。"

他们约定,下周日他会去她家接她,然后再去考镇跳舞。

之后数月,他们去过戈里和阿克洛的橄榄球俱乐部舞会,到了冬天,还大老远去了德尔加尼。他在周中想到梅时,就在思忖她将如何适应开酒吧的生活。她不太可能在柜台后面接待客人,但他的母亲也没干过这活。在某个傍晚,他用尽可能随意的口气向她提起此事,让她明白,他不指望他未来的妻子会站在柜台后面。

他们在一起时,他想过夜晚结束后,他们会在车里做什么。数次约会之后,她同意他可以先把车停在她与父母、哥哥住的房子附近,于是他们将会有一段黑暗中的时光。

他提议说可以在傍晚去接她,带她去恩尼斯科西参观酒吧和他的住处。他看着她仔细地打量大客厅,考虑着是否该问她要不要去参观楼上的房间,但楼上都是卧室,他觉得这步行动也许过快。但他们一起在沙发上待了片刻后，他差点想说她可以在这里过夜，明早他送她去上班。但他还没开口，梅就说她父母会担心她，她得走了。

最终，她答应留下过夜，并请了星期一上午的假。但在起居室里，她似乎没有平时那么亲昵。他等着她去沙发上陪他，但她坐在椅子上。他又为她添了点伏特加酒。

"别以为倒满我的酒杯就能帮你忙。"她说。

"帮我忙？"

"我知道你在想什么。"

他差点想说她说得对。可是一个又一个小时过去了。他听完了药房店主夫妇和三个女儿的故事。接着她讲了一个在提纳黑利村附近的偏僻农场里长大的表亲。他拍了拍身侧沙发上的空位，示意她可以到他身边来，但她耸耸肩。

"我不知道你以为我是哪种人。"

她穿着衬裙睡在他身旁。早晨，他得在酒吧接应送货员，便让她睡着。后来他送她回家时，她要求在戈里镇朋友家下车。他明白过来，她一定告诉父母她在那里过夜了。

在回恩尼斯科西的路上，昨夜的某个时刻停留在他脑海中。她从浴室里出来后说，"我要彻底重新装修这间浴室。"她不知道他听了进去。她似乎不明白这对他意味着什么。正因为这话说得随意，更显得意味深长。她令他知道，她正把这地方想象成她未来的生活场所。

由于得在星期五和星期六晚上工作，他无法与她多见面。他想,可惜她父母没在家里安装电话。有时他打她的工作电话,但她经常在忙。他问她是否愿意和他出去共度一周,甚至十几天。天气晴好时,他们可以去凯里郡,甚至可以从罗斯莱尔坐渡轮去菲什加德,然后开车去加的夫或布里斯托尔,他父母曾经那样做过。

"我想度假,"她说,"但也许我们可以去西班牙。找个夜生活热闹的地方,所有店都开到很晚。白天我们能去沙滩,喝点鸡尾酒,游个泳。也许我们可以拉一群人去。"

他对一群人没意见,只要他和梅单独一个房间。

吉姆喜欢周中晚上七八点的时刻,酒吧里只有一两个客人在慢条斯理地喝酒。他看看报纸,或者什么都不做。如果有人想聊天,他乐意奉陪,特别是和老客人聊。一天傍晚酒吧安静的时候,一个年轻人独自进来。吉姆和梅在考镇时,曾与他有过一面之缘。他是她哥哥的朋友。

"我只是来耗时间,"他说,"过会儿我要去见一个人,买一台二手电视机。我得开车回家,所以来杯柠檬苏打水就好。"

他们聊了会儿各种舞厅。

"我们最近没怎么看到你,"这人说,"你和梅分手多久了?"

吉姆忍住了没回答。他大可告诉这人,他和梅前几天晚上还去过格雷斯通斯镇的橄榄球俱乐部舞会。回家路上,他提议说她可以在某个星期天过来和他父母一起喝茶,她积极地回应了。

"梅真够浪荡的,"这人又说,"在某个星期六,她让我们所有人都和她还有她的新男友去韦克斯福德的舞会。他是从那边来的。他们每星期都去。那里有个满是人的酒吧，考镇可没有这种地方。我觉得问一个姑娘是否来一杯苏打水的日子已经过去了。现在是杜松子酒加汤力水，或者伏特加酒加碧域。现在都这样了。是你提的分手，还是她提的？"

吉姆笑了笑，耸了耸肩。

"噢，我们都……"

他无奈地点了点头。

"那样最好了。"这人说，接着他喝完柠檬苏打水离开了。

在接下来的星期六晚上，吉姆让戴维·罗奇在最后一个小时照看酒吧并锁门。虽然酒吧生意繁忙，他觉得最好早些走，在十一点半前赶到韦克斯福德。有人告诉他，在酒吧关门后很难进入老市政厅的舞会。

外面排了长队。他是唯一一个独自前来的。他查看周围，担心梅和她那个不管是谁的男友还有他们的朋友会出现。她会有权问他为何在星期六夜晚排队进韦克斯福德的舞厅，毕竟他曾告诉她，星期六他无法脱身。

他一进去就上了二楼的狭窄平台。音乐很响，乐队演奏得比考镇那些好得多。这支乐队配有铜管乐器，还有一个和声团。但他发现吧台才散发着最大的吸引力。他笑着看到一个人托着两只满满的品脱杯和两只小酒杯穿过人群。

他很高兴没看见熟人。由于酒驾法规，恩尼斯科西人不太愿意去韦克斯福德。他在平台上找了一个凳子,把它搬到前面,从这里他能一览楼下舞池。时间尚早,音乐节奏仍然很快。他知道过会儿等音乐慢下来,乐手们会合奏出美妙的声音。

但他不会待那么久。他只想看看梅有没有来,她和谁在一起。他们聊天时,她从未提起韦克斯福德。对她的圈子而言,那是南面很远的地方。如果戈里镇和考镇没有活动,他们更愿意去威克洛或阿克洛。

除了他,没有人独自坐着,不喝酒,只盯着跳舞的人。每个人都兴致勃勃,和朋友们一起笑着,朝吧台挤过去。虽然舞厅周围站着不少人,但舞池并不拥挤。他能轻易分辨出每一对男女,并用目光追随着他们跳舞。人们似乎都彼此认识。在舞曲间隙,没有男人争先恐后地去舞池里找舞伴。氛围舒缓而轻松。乐队演奏的不仅有最新流行的曲目,也有爵士经典曲,接着又变为一些跳舞的人喜欢的摇摆曲。

后来他看到梅·惠特尼昂首迈入舞池,身边是一个高高瘦瘦、留着络腮胡、身穿棕色麂皮外套的男子。吉姆知道她舞艺极佳,此刻他看到她那位舞伴的节奏感与她不相上下。其他舞者为他们让出空间,而他们开始炫技,摇摆,配合得无懈可击,每个动作都似乎练习过。

他意识到自己为何在考镇的第一晚就注意到了梅。任何人都会为她瞩目。此刻她身穿一袭浅蓝连衣裙,腰间扎一条白色塑料腰带,显得光芒四射。她每次旋转起来都眉飞色舞。他知道,她只要喝上一两杯就会如此,但如果她喜欢一首歌或一段乐曲,也会兴奋起来。

他等着。他想看看她是否会在下一支曲子和另一个人进入舞池。她也许是和其他人一起来的,他们也许只是一起跳舞,并不意味着什么。然而酒吧的那位顾客提到了一位新男友,吉姆也知道,如果他认为那位舞伴不是她的男友,只是在自欺。

在一支慢曲中,他们再次步入舞池,贴近了跳舞。他看了他们一会儿,然后离开,开车回恩尼斯科西。

次日傍晚,他们去北边的威克洛参加橄榄球俱乐部的舞会,路上他问梅昨夜在干什么。

"我需要一晚上在家,"她说,"收拾房间,洗头,然后休息。我洗好了头,可是房间更乱了。不过我确实早早地睡了。"

他转头看她。以前她告诉他,她在星期五和星期六晚上不怎么活动,喜欢待在家里,他是真的信了她。

他们跳舞,聊天,在舞池里一直跳到最后几支慢曲。和往常一样,他把车停在距离她家稍远之处,他俩在那儿消磨了片刻,然后他送她到家门口,约好如果周中不打电话联系,那么下周日他会在老时间去接她。

他掉转车头开回主路时,心知自己再也不会见她。他有种快感,因为他不屑告诉她前一晚他看到了什么。

可是快感转瞬即逝,取而代之的是竟然轻易被她诱骗的耻辱感。想脚踏两只船,他是一个完美人选,因为星期五和星期六晚上他只能待在吧台后面。他仍然相信,她喜欢和他约会。在每一次深夜停驻的车中,她对他的回应是确切无疑的。但她一定也喜欢脚踏两只船，当她想到他每星期都来，还巴望着能彼此增进了解，一定也暗自嘲笑过他。

这些年里，他没再见过她，没听说过她的任何事，也没遇见她的哥哥和朋友。就在他不再去接她之后，有一次，他在酒吧里接到电话，一听到是她的声音，立刻挂了电话。

假如此刻看到梅在街对面，这对他不会有任何意义。但艾丽丝·莱西则不同，他仍在思量自己当初能否说服她留下。如果她当真结了婚，他们便无法一起在镇上生活，但可以去别处，或者他能跟她去美国。

艾丽丝突然离去后，他感到屈辱，因为整个镇子都知道他被狠狠耍了。但这次无人知道，他和梅的事没被传扬开来。然而，在某些晚上，这几乎令他感觉更糟。他独自守着他的故事。他有时间去琢磨这件事，特别是早晨醒来时，或者酒吧闲暇时。

两个不同的女人欺骗了他。不知怎么，被艾丽丝愚弄，他并没有对她心存愤恨。她这么做一定有她的理由。但对梅，他感到上当受骗，他曾相信她，每周期待见面。他曾经真以为她理解他作为酒吧老板的难处，他晚上难得有空。但她已经过去了。只是在街头看到艾丽丝·莱西，他才想起她来。

他看了看表，已过凌晨三点。他已喝了几杯啤酒，又喝了几杯威士忌。他知道自己无法入眠。他起身去浴室时，明白此刻想做的事已在头脑里徘徊了两小时。

他并不担心出门会遇到人。此刻镇上的街道空无一人。这是他和南希所了解的事，凌晨时分在恩尼斯科西活动是不会被发现的。

他向自己许下承诺，他走出家门仅此一次。他不会让自己养成习惯，经常从拉夫特街穿到法院街，再经过弗莱瑞山的顶端，走到艾丽丝·莱西家门口。他会抬头看看没有灯光的窗口，但他答应自己，他不会驻足。他会一直走到约翰街的末尾，然后转身再次经过那栋房子。他想着正在里面睡觉的艾丽丝。他想象着她的呼吸，她安睡的脸庞，罩在被子下的身形。然后他会毅然朝家走去，希望在天亮前还能得到哪怕片刻的休息。

第三部

一

"别只是散步,"劳拉说,"那没用。一天两次快走。这是专家建议。"

"我要去买一双健步鞋。"南希回道。

"你脚上这双就挺好。但关键是,你得从今天开始。"

南希坚持她俩得慢慢走,不引人注意地穿过集市广场。到了河边,她让劳拉来决定步速。

"你这不是在走路,"南希抱怨道,"也不是在跑步。太快了。就是太快了。"

"如果你想减肥,"劳拉回道,"就得这么做。"

劳拉在回都柏林之前,让母亲答应每天早晨走一圈滨河步道,在铁轨那边转弯回来。

"还要保持步速!"

"别人会以为我疯了。"

"大家都希望你变漂亮。"

南希一开始把闹钟定在八点钟,但她总是及时醒来,在闹钟响起之前把它关掉。无论她怎么下决心一早去健步走,她还是会打个盹,然后半睡半醒地躺着,心思游离在米里亚姆婚礼的计划上。

每逢周末都从都柏林回来的劳拉,这次已经把宾客名单记住了,可是米里亚姆变得更心不在焉了。

"就是那么一个日子,"米里亚姆说,"大家都会尽兴,然后会忘了它。"

"这是你的婚礼,"劳拉回道,"是你人生中最重要的一天。"

"所以我更希望它已经结束。"

装修工的工作已经完成,连劳拉也赞赏那间被她戏称为"会客厅"的房间。

"我觉得颜色太浅,我还是不喜欢这个壁炉,但你可以自豪地把任何人请进这间屋子。和从前不同了。"

当吉姆·法雷尔看到房间时,南希知道他在想什么。他的大客厅自从他父母住在那儿的年代以来,从未动过。

他们从未真正讨论过婚后在哪生活,但南希知道吉姆期望她搬到酒吧楼上和他同住。她寻思着若要将自己的平房计划告诉他,此刻是否是个良机。但也许应该先告诉他卢卡斯公园的地基,再看看他是否会想到他们可以在那里建一栋平房。

她听到教堂钟声敲响十点钟,皱了皱眉。她已经换了两套衣服,她明白她需要的是健步穿的轻薄衣物,但又担心万一河上起风会不会着凉。往常她绝不会穿着现在穿的衣服出现在街上。如果她走到城堡山顶也没遇上熟人,那就走运了。米里亚姆的婚礼在即,任何人都会以此为绝佳理由拉住她谈天,于是她埋着头穿过集市广场。

南希穿过手球巷,沿着河边走时,瞧见迎面而来的两个女人。她立刻认出其中一位是诺拉·韦伯斯特,随即又认出另一位是诺拉的妹妹凯瑟琳,南希以为她是住在基尔肯尼的什么地方。她记得在乔治葬礼过后,诺拉曾来过家里。南希想起来有那么一刻,她俩单独在起居室里,诺拉走到她身旁说:"我明白你的感受。莫里斯过世时,也是在乔治这个年纪,我们结婚的年头一样长。"

这些话应该令她宽慰,但并没有。她不想要任何人自以为明白她的感受。说得太容易了。但她点点头,笑了笑,希望能有人走进屋子,打破这突如其来的紧绷的沉默。自那以后,她就避开诺拉·韦伯斯特。此刻她即将与诺拉姐妹打照面。她注意到这两人都穿得很好,凯瑟琳还穿得很优雅。她后悔没穿更好的衣服。

"我听说你家快举行婚礼了,"凯瑟琳说,"还听说你所有的孩子都很争气。"

自从她开薯条店后,人们就不怎么把她当寡妇了。他们遇见她时,脸上不再挂出掺着同情的悲伤。但这两个女人看着她的样子,似乎她仍需要安慰。

"我正在努力为婚礼减肥。"她说。

"你买好礼服了吗?"凯瑟琳问。

"我去过韦克斯福德,但一无所获。这周或下周,我会去都柏林。"

诺拉一言不发地看着她,只有凯瑟琳在说话。南希想,遭遇另一个寡妇,一定让诺拉感到难过。她试图想些高兴话来说,能让诺拉笑出来的话。

她几乎没听到凯瑟琳在说什么。

"今天下午我可以把她的详细信息告诉你。"凯瑟琳说。

原来凯瑟琳碰巧认识一位都柏林的售货员,她在格拉夫顿大街上的施韦泽斯商店里工作。

"你把你的尺寸告诉她。告诉她你想要哪种大衣、连衣裙、套装。你和她约好时间,然后等你去时,她会把一切都准备好了。跟你说,她可不是什么人都见的。但我有个朋友和她很熟,因此我能见到她。如果你需要,我就打电话给我朋友,我们可以先这样,这能为你省下很多麻烦。"

南希突然想到,诺拉一定告诉过她妹妹,薯条店很赚钱。

"那是个特别的日子,"诺拉说,"我觉得你应该听从凯瑟琳的建议。"

只要她们能放她走,只要她们不再这么打量她,南希什么都肯答应。

后来她在门口看到一张便条时,都已忘了凯瑟琳许诺过要给她施韦泽斯那位售货员的详细信息,还有她那位朋友的名字,以便她打电话预约。南希刚好有时间,便决定即刻打电话。她想,如果第一次打不通,那就作罢。

电话只响了一声就被接起。那头是一个近乎威严的声音。

"是,我是梅特卡夫小姐。"

南希一提到玛丽·巴里——凯瑟琳让她召唤的那个名字,梅特卡夫小姐顿时热情起来。

"玛丽的朋友就是我的朋友。我能帮你什么?"

南希说了要办婚礼,梅特卡夫小姐便提醒她得尽快行动,她问南希能否立即找来一把卷尺。南希确定厨房的抽屉里有,梅特卡夫小姐便说她在电话边等着。南希拿来了卷尺,梅特卡夫小姐逐步让她量出所有需要的尺寸。

"好了,我需要大约一星期来为你选择最合适的衣服。我有三种类型提供给顾客:钱不成问题的,预算很紧的,居中的。"

"哦,是我女儿的婚礼。"

"那么是哪一种呢?"

"居中的。"

"我能在下周四上午稍晚时,比如十二点钟,和你见个面吗?"

南希搁下话筒,就决定让吉姆·法雷尔捎她去都柏林,他几乎每周四都去。她一直等到某个与他约会的夜晚,她快要离开时才提出此事。

"施韦泽斯商店?"他笑着问道,"我会确保你准时到那儿。你不会想迟到的。如果你开车到戈里镇火车站,我会去接你。我们可以从那儿去都柏林,不会被人注意到。"

去施韦泽斯商店的前一天,南希去主街的克洛克理发店做头发,让梅维斯·克洛克给她染了常见的颜色,也就是微微泛红。她烫了一贯的波浪卷,还担心会不会太卷。但至少现在她有了发型。

在家中,她逐一试穿她最好的衣服。她不想在施韦泽斯商店里显得衣着寒酸,但当她试了几件,在镜子里审视自己时,她意识到自己担心的其实是吉姆。虽然他俩是偷偷摸摸地去都柏林,虽然他不会陪她去格拉夫顿大街，也不会和她去斯蒂芬绿地公园散步，她还是会和他一起开车过去，他会看着她上车下车。

南希刚在火车站停好车，就担心自己来得太早。她得坐在这儿等吉姆半小时。也许会有人注意到她，甚至认出她并过来攀谈，然后撞上吉姆·法雷尔也恰好到达。

吉姆的车终于停到了她的车旁，她朝他心照不宣地一笑，仿佛他们随时都有被发现的危险。接着她飞快地从自己的车钻进他的车。他没朝她看，也没说话，掉头驶向都柏林。

"我一向停在蒙特罗斯酒店的停车场，"他说，"或者说自从爆炸事件①后就停在那儿了。然后我会搭公交车或出租车进城。"

"我们有充裕的时间。"南希说。

南希想着接下来的两个多小时，寻思他们会聊些什么。但也许吉姆更愿意在沉默中开车。他几乎从不问她在想什么——米里亚姆的婚纱是不是太短？在婚宴的每张桌子上摆花会增加多少开支？劳拉对葡萄酒的意见很大，她认为酒店提供的酒档次太低。

"我也知道这酒很有名，"劳拉说，"因为便宜而出名。"

"有没有不那么出名的酒？"米里亚姆问。

"并且便宜？"

"哦，不贵就好。"

"我们为何不选择优质又不太贵的酒？"南希问。

---

① 指的是1974年5月17日的都柏林和莫纳汉爆炸事件。当日，北爱的阿尔斯特志愿军在都柏林和莫纳汉引爆四枚炸弹，造成34名平民死亡，近300人受伤。这是北爱纷争问题上最严重的一次袭击事件。

南希在心里过了一遍这番对话,便确定吉姆不想听。

"人们点葡萄酒吗?"她问。

"在酒吧里?"

"是的。"

"几乎从来不点。我确定我们备着几瓶。沙恩知道的。"

经过阿克洛时,南希后悔没能想出一个更有趣的问题。她努力思索着能让他聊起来的话题,可是进入她脑海的每一个问题都无趣乏味,每一句话都像是仅仅为了打破沉默。

和乔治在一起时,这种情况从未发生。他俩能自然而然地聊起来。她试图回想他们曾聊过些什么。乔治爱讲法庭上的案子,还有板棍球和橄榄球赛的赛况。每周他都去赛狗场,并把那里的新鲜事带回家。

与乔治开车去都柏林时,他们从未有过沉默。她想知道吉姆在想些什么。

片刻间,她想到或许可以告诉他,她邀请艾丽丝参加婚礼的事。虽然也许还不到时候,但她最晚下周也得说。要似乎在不经意间提起,要在跟他说其他客人时顺便提到,希望他不会着恼。

"你知道我昨晚遇到了谁?我好多年没见到她了。"

她随口说了这话。吉姆侧头看了她一眼,目光中透着戒备。

"谁?"

"萨拉·柯比。"

"自从圣诞节后,她就时不时地回来,"吉姆说,"她没钱了。"

"我不知道她跟谁结婚了。"

第三部　119

"你可能见过他。他是个披头士迷，要不就是摩德①，或者摇滚客，随便他们怎么叫。我想他试过组建一支表演乐队。后来他开始喝酒，然后他们去了英国。"

"我听说萨拉的人气很高。"

"她有一批为她疯狂的追随者。"

吉姆了解小镇的一切，那些早已被遗忘的往事，还有多年前去了都柏林和利物浦的那些人的名字。有些晚上她去与他约会时，曾听过他这样闲谈。此刻他比以往聊得更畅快，但仍给人一种感觉，他知道的比说出来的更多。

眼看他松弛下来，她觉得可以聊聊婚礼了。他注意地听着，不时转头瞟她一眼，丝毫没有显露出他觉得谈话内容无聊。

"我觉得不会有人抱怨葡萄酒和花，"他说，"但一旦做得不完美，你就会忧心忡忡。米里亚姆可能希望一切都完美，但她不想提要求。所以我来出钱吧。这是个大日子。"

"我的妹妹莫亚，"南希说，"想带她的四个女儿和两个女儿的男友来。他们会占半张桌子。劳拉建议我让那些男友晚点来参加舞会就好。"

"我觉得她说的在理。"吉姆说。

他们停在蒙特罗斯酒店前，他告诉她，他会让前台叫一辆出租车送她去格拉夫顿大街，而他四点钟会在酒店和她碰头。

---

① 摩德文化（Modernism）的简称。起源于1960年代英国的一种时尚文化，音乐方面与摇滚乐和蓝调音乐有关。

"我总是停在同一个车位,"她下车时他说,"只要我告诉那人我会来,他就为我保留这个车位。我先送你到门口,待会见。"

在酒店大堂,吉姆和她坐在一起等出租车。

"我们该怎么说,"她问,"如果遇到镇上的人?"

"我会想个理由,"他说,"或者更好的做法是让你去应付。但我一直搭公交车进城,所以你不必担心坐出租车怎么办。车里只会有你一个人。"

在进城的路上,停留在她脑海中的是在来都柏林的途中,吉姆转头看她时眼中的情意。他大多数时候是严肃的。和乔治不同,他不是一个会在自家门口谈笑的男人。乔治老是观望着,看是否有橄榄球俱乐部的朋友经过。然后他会走到门口,喊住那个人,把某个老笑话再讲一遍,或者分享某个老伙计的新鲜趣事。乔治到了集市广场就会加倍地谈笑。

在他死后的这些年里,她怀念那个声音,还有他随和的好脾气。哪怕只是想想,也足以令她此刻情绪低落。他不该走得那么早。在他的圈子里,他没有理由被单独挑出来。她想着,如果她在施韦泽斯商店量好尺寸后,去都柏林某家酒店与他共进下午茶,会是什么样。她知道,如果他能领着米里亚姆走上教堂的走道,他会是多么自豪,他上了年纪后,会多么喜欢杰勒德在身边。在结束一天的工作后,他们会一起去喝一杯。她想象着吉姆·法雷尔为他俩调酒的景象,不禁叹了口气。

出租车驶过唐尼布鲁克区时,她发觉无论何种情况,她都有负于其中一人。对乔治心存柔情,念着自己与他一起参加婚礼该多么快乐，就是在想象一种没有吉姆的生活。反之，心里只有吉姆，想着能和他结为连理是多么幸运，就像把乔治抛之脑后。

如果她安慰自己，以为乔治会为她找到良人而高兴，那就太过容易了。这是一个让人舒心的想法，但没用。如果有人曾告诉乔治，未来有一天，他的妻子会坐在吉姆·法雷尔的车里去都柏林，会经常在他的床上过夜，乔治会认为这是个噩梦。听说南希感到幸福，他也几乎不会感到宽慰。但她感到幸福，她决定还要更幸福，只要她能放下这些念头，暂且活在当下。

时间尚早，她在格拉夫顿大街上漫步，浏览店铺的橱窗，一路逛到了布朗托马斯商店。她想，在某个时候，应该买一套上好的玻璃器皿和餐具，摆在新房子里供星期天使用。她探索家居用品，驻足在各类化妆品柜台，还试了一支摆在那里给顾客随意试用的新口红。她在照化妆镜时，瞧见背后有一面全身镜。她转身盯着镜子。

她不仅看起来比自己想象中年龄更大，还不明白自己为何在胳膊上搭着一件白色雨衣。这是一个大晴天，毫无下雨迹象。其他女人都没带雨衣。

她本以为自己选了最适合当天穿的衣服。在她的卧室里，这套服装也许不错，但此刻在布朗托马斯商店的时尚氛围中，她就像一个通常不会来此地的女人。她一时惊惶，抬起胳膊闻了闻羊毛衫，想知道上面是否还留有一丝油炸食品或油烟的气味。她什么都没闻到，但也许某个不习惯她的薯条店气味的人会注意到。她想，她得鼓起勇气，忘掉刚才面对的那个自我形象，她要穿过

长岛

格拉夫顿大街去施韦泽斯商店，找梅特卡夫小姐。

"这电梯得等好久，"梅特卡夫小姐说，"但只要你想等，我们就等。"

"我愿意走路。"

梅特卡夫小姐比南希以为的更年轻，也没那么时髦。她的衣着没有特别之处。她已经有了白发。

到了顶楼，梅特卡夫小姐带她进了一个小楼梯间。

"我们在这里可以不被打扰，那边有个天窗，这意味着我们可以把衣服看得真真切切。有些东西在明亮的灯光下看起来很好，但在自然光下就不行了。"

她们走进一间长而低矮的房间，里面有几面全身镜，挂满衣服的衣架，摆满帽子、手提包的化妆台，地上还有几排鞋子。

"你知道，我能从一个人的声音里听出很多东西，这很有意思，"梅特卡夫小姐说，"但我仍然可能弄错。我想到的是一条朴素的连衣裙，不是亚麻的，因为亚麻太容易起褶子，还有一件精致的外套，也许是绣花的。雍容华贵的。"

她把南希从头打量到脚。

"我喜欢低调，"她又说，"这是我和玛丽·巴里交情很好的原因。她爱穿的衣服，你都注意不到。她是爱尔兰唯一一个能把灰色穿好的女人。"

南希不想承认她并不认识玛丽·巴里。

"我希望能在婚礼前减肥。"她说。

第三部 123

"那个，"梅特卡夫小姐说，"是我听过的最糟糕的想法。首先，我认为你目前的身材挺可爱的。骨感美，你知道，已经过时了。其次，你时间不多，还得操心很多事。我一直说，庆典过后再节食。先享受生活。"

梅特卡夫小姐开始检视衣架上的服装。

"尺码我总是放宽。我不喜欢太紧身的。会有舞会吗？"

"我不确定我会不会去跳舞。"

"但你的丈夫……"

"不，我丈夫过世了。"

"哦，那么这个家是你一肩扛了。多久前的事？"

"五年了。他是在夏天过世的。"

"哎，很抱歉听到这个。你还年轻，看起来也很棒，但你还需要有种尊贵感。对了，不能像个寡妇，而是新娘尊贵的母亲。你能试一下这件短袖连衣裙吗？我知道橙色不是大家的最爱。我会让你独自在这里试穿。再试试所有这些鞋子。别让我来说服你要哪一件。我相信你知道自己怎样看起来最好。"

这件裙子不对。它太宽松，没型，适合个头更高大的女子，裙子的颜色则让她在镜子里显得过于苍白。她翻了一遍衣架上的服装，挑选了几件，正想着试穿，梅特卡夫小姐回来了。她胳膊上还挂着几件连衣裙。

"是的，我突然想到这浅色或许太浅了。但我不想你穿深色。你怎么想？"

"如果剪裁得当的话，我更喜欢深色。"南希说。她不确定她说的"剪裁得当"是什么意思,她想应该是指尺码合身。

梅特卡夫小姐给她看了一套带细白条纹的深蓝色羊毛时装。南希穿上后,在镜子前走了几步。

"剪裁十分精细,"梅特卡夫小姐说,"高雅,低调。"

南希点头。

"我只希望我能减肥。但你说得对。这件是最好的。穿上身的感觉很自在。"

"不会太夸张,也不会太平淡,"梅特卡夫小姐说,"你确定吗?我们还有时间。"

"我觉得这件很好,"南希说,"所以是的,我确定。我要这件。"

她们在看配饰时,梅特卡夫小姐问她是否自己开车从恩尼斯科西来。南希犹豫了一下,她怕自己脸红了。

"有人开车送你来?"梅特卡夫小姐笑着问道。

南希点点头。

"你的生活里有新人了!我应该猜到的。"

"上帝啊,我希望你没猜到。"

接着南希发现自己把吉姆的事告诉了梅特卡夫小姐。

"真是个美好的故事,"南希说完后,她说,"我的意思是,这也是个悲伤的故事,但我还是为你感到非常高兴。"

"我们还没最终决定,"南希又说,"但我想在罗马办婚礼。"

"我认识一个人这么做过,她说婚礼可精彩了。你是在春季结婚吗?"

"我想是……"

南希笑了。她知道自己说得太多了。她想，无论这诱惑力有多大，她都不该再把此事讲给别人听。

"你能等一会儿吗？"梅特卡夫小姐问。

南希点头。

"楼下有一件东西，原本我要把它寄回去的，希望它现在还在那儿。它不适合新娘的母亲。但它很特别，在罗马会看起来很美。我是说，用在你自己的婚礼上。我还得提醒你，价格也是很特别的。"

她回来时提着一件玻璃纸包着的象牙白连衣裙。

"它和这件外套很搭。记住，你要搭配有颜色的尼龙长袜，我还得和你说说你的头发。"

裙子和外套很合身。材质感觉像是丝绸，但更重，或者说比她有过的所有丝织品都更重。

南希从一面镜子走到另一面镜子。

"得花些时间找一双能搭配的鞋，"梅特卡夫小姐说，"我建议配一个小巧、不显眼的包。"

她绕着南希走了一圈。

"现在说价格吧。"

梅特卡夫小姐告诉她裙子和外套的价格后，南希后悔没能问过吉姆。他当然会说，她上当了！但她不确定。他也可能会告诉她，只要她喜欢，就应该买。

"下星期我会把支票寄给你。"南希冷冷地说。

"其实，还有两件事，"梅特卡夫小姐说，"第一是头发。唯一合适的染色是金色，还有你的头发烫得太卷了。"

"哦，是吗？我刚烫的。"

"你来最后一次试衣时，或许我们可以谈谈化妆。"

"好，我会告诉你哪一天。"

南希走出施韦泽斯商店，转身进了一条小巷。时间才一点钟。她不想独自逛街。她想知道吉姆在哪。她应该告诉劳拉，她要来都柏林，并约一顿午餐。但接着她发觉还是现在这样更好。她也许会忍不住告诉吉姆婚服的事，他会觉得她发了疯，距离婚礼这么早就选好了服装。而劳拉会带她回到施韦泽斯商店，看看她选了哪件要在米里亚姆的婚礼上穿。想象劳拉和梅特卡夫小姐在款式上争吵，她不由觉得好笑。

她会找个地方午餐，在餐厅里消磨时间。然后她会回到布朗托马斯商店，随处看看。她相信此时她在那里的感受将会不同，即便头上还是染色糟糕的头发，胳膊上还搭着雨衣。她确信当她在穿衣镜里看到自己时，会想象出她正在米里亚姆的婚礼上，或正在罗马某家酒店的奢华楼梯上走下来，人们转身朝她行注目礼，她则理了理帽子，发现吉姆正等着她，车子把他们接送到某个著名老教堂的小礼拜堂，他们在那里结婚。

二

艾丽丝从冰箱、洗衣机和新炉灶旁挤过来,这些东西的包装还没拆,还放在大门口。她母亲正和马丁站在厨房边的走廊里。

"我要去那儿待一两天,就这样。"艾丽丝说。

"如果别人问起你去了哪儿,我怎么说?"她母亲问。

"你就是担心这个?"

"是的。我在乎别人怎么想我。"

"告诉他们,我去了马丁的房子,在海边待一两天,如果天气好,你也可以过来。"

"我绝不会去那儿。"

"这个不必告诉他们。"

那天母亲坚决地说不想再听到关于美国的任何字眼,她就决定离开母亲和马丁。

"一天天地没完没了。每次我打开电视机,就听到美国人在笑根本不好笑的事。全都是我讨厌的尼克松的事。现在你又来告诉我,美国多么伟大,那里的一切多么大……"

"我从没说过这话。"

"还有他们可怕的声音。我最厌恶的就是这声音。还有他们的衣服。"

"什么衣服?"

"美国人的!有个别墅区的人在波士顿、费城还是什么地方待了多年后回家来,他穿着格子裤,戴着搭配的棒球帽在镇上走。"

马丁上楼时,艾丽丝跟了上去。

"你在古虚的房子还能住吗?"

"对我来说能住。"

"那我也没问题。"她说。

然而当她开车到那里时,发现房子已经很久没打理了。唯一的床垫污迹斑斑,床单也旧了。房子比她想象得更靠近悬崖,毫无遮蔽地顶着海风。她突然想到,如果她不住在这里,马丁和母亲也不会知道。她决定开车去韦克斯福德,在那里订一家酒店,过一两天再回母亲家。

到了韦克斯福德,她把车停在火车站附近,穿过一整条主街,来到罗尼斯家具店。当她和跟着她的年轻店员看床和床垫时,心里还是没拿定主意。但价格很便宜,她发觉她需要的只是一张床、一个床垫、一把休闲椅、一张躺椅,外加几条新毛巾和床单。

她问助理多快可以送货,他找来了店主。

"我知道你是恩尼斯科西人,"店主过来时说道,他穿着西装、打着领带,"我哥哥和你姐姐好过。莱西?"

"那是很久以前了。"

"啊,现在我们仍然年轻。"

他问她需要何时送货。

第三部 | 129

"现在。我是说今天。"

她希望自己没流露美国口音。

"恩尼斯科西来的每个人都要求当天送货。那里肯定有什么古怪。"

"那么今天可以送吗?"

"现在就可以送。"

"我住在黑水村,具体说来是在古虚的悬崖上。"

"我没有意见。"

"你能把旧家具清走吗?"

"你付现金吗?"

她点头。

"那么我什么都能做。"

他答应一小时后出发,他开货车跟着她的车去古虚。她回到主街,去肖斯商店买了被单、毯子、枕头和毛巾。在妇女用品区,她试穿了她能找到的最便宜的泳衣,然后买了下来。她把这些东西装进车里,又买了些面包和做沙拉用的食材。

旧床搬走,新床就位后,她开始铺床,她后悔没买一盏床头灯。天气暖和,但如果她敞着门,苍蝇就会进来。她在屋前的草坪上撑开躺椅。现在她可以放松休息了。毕竟她来此就是为了这个。

在下午柔黄的光线中,这里安宁而美好,打破静默的只有附近田野里的拖拉机声、细碎的鸟鸣,还有下面海浪扑上沙滩时轻盈的连绵不绝的声响。今晚她将第一次独自在一栋房子里睡觉，没有同床共枕的人，隔壁房间里也没人。在她与托尼共同生活的这些年里，特别是刚结婚的时候，她时常梦想着逃离，跳上一班火车，或者开车去某个镇子，找一家无名酒店住两天，离开所有人。

奇怪的是，她曾与托尼的家庭亲密地生活在一起，现在却难得想起他们。她起身朝悬崖走去。她盼着当罗塞拉和拉里来时，会是一个好天气。在夏日里，时常露出一线阳光，接着又阴雨绵绵，或下起零星小雨，直到天黑都不一定会放晴。她希望他们会喜欢镇子，喜欢她的母亲和马丁，他们回美国之后，会怀念地谈起在爱尔兰的时光，觉得这也是他们的故乡，即便比起他们从祖父母那里听来的意大利世界，小镇或许没那么重要。

托尼的父亲这么多年来一直不会念她的名字。他大概知道这名字该怎么念，也经常勉力而为，但第一个音节就让他败下阵来，到了后面只能发出一个咕哝声。自从拉里注意到此事后，他就又有了新法子来逗他母亲和姐姐发笑。他从不在父亲面前模仿祖父的咆哮，因为他父亲是不会觉得这有趣的。但有时候在餐桌上，只要托尼离开片刻，拉里就会学艾丽丝的公公对艾丽丝说话。他会用若干种方法念她的名字，一次更比一次夸张，搭配的都是他祖父的声音，以及那种心有所思的凝重表情。

"如果被你父亲的家人发现，他们会杀了你，"艾丽丝说，"千万别让你的堂亲们看到你这么做。"

在她离开爱尔兰前几星期，有一天，托尼的父亲出现在修车店。艾丽丝看到他和达凯西安先生说话的样子仿佛在策划密谋。两人打着手势，窃窃私语，托尼的父亲眯着眼，对倾听他说话的达凯西安先生露出微笑。

"我的儿媳呢？"他走进办公室问道。

这话问的是跟着他进来的达凯西安先生。他故意不看艾丽丝，把注意力放在埃里克身上，埃里克在这两人进来时就站起身。

"我开车过来看看我的儿媳在干什么。我有三个儿媳，我都喜欢，但在这里工作的这个儿媳是最有头脑的，她的头脑还传给了我的孙女罗塞拉。我相信拉里也有，但罗塞拉让我们感到骄傲。她的老师们也是。我认为她的天分多半来自她的爱尔兰母亲。这是事实。"

她的公公看着她的眼神充满温情和欣赏，她差点要让他说出她的名字，让房间里的每一个人都知道她的名字是怎么念的。

她心想他是否因为喝了酒才这么啰嗦，但她见他最多只喝过几杯葡萄酒。很快她明白过来，他是特意到访，他的表演是提前排练好的。他来此是为了表示对她的支持。但她不知道，这是出自她婆婆的授意，想要以此讨好她，接纳她，把她进一步拖进大家庭的网中，还是托尼父亲自己的主意，他是真情流露，并没有与谁商量过。

"这是干什么呢？"两位长辈离开房间后，埃里克问道。

"他喜欢我，欣赏我。"艾丽丝答道。

"这我看得出来，但是为什么呢？"

"原因他已经解释过了。"

"不，不，他一定还有其他原因。"

后来艾丽丝找机会与小叔子单独相处，把公公的此次来访告诉了他，问他母亲是否派他父亲去向艾丽丝表明，虽然他们不会听从她，也不会照顾她的感受，但他们不希望她认为他们不欣赏她。

"不，他是自己去的，"弗兰克说，"但在那之前，他召集了所有儿子，和我们拉拉杂杂地说了一通，说他站在我们这边，永远都是，直到他不行为止。"

"你这话是什么意思？"

"他说在他的国家里，男人支持自己的儿子，他和达凯西安先生讨论过此事，他们认为这是对的，所以他想让我们知道，他支持我们。但他和达凯西安先生也认为，有时你得在一件事上反复权衡，而它不像表面看起来那么简单，有时你的支持就会动摇。他想了好一会儿才想出'动摇'这个词。他抡着双手，让我们明白他在说什么。"

"然后呢？"

"然后他对恩佐说，别再跟莉娜吵架了。恩佐发火了，问他在托尼的事上就没话可说吗。我父亲从头至尾都没看托尼一眼。他装作托尼不在房间里。"

"你母亲怎么说？"

"她不知道这事。当时她去看足科医生，都不知道我们有过这次会面。"

"托尼不知道你告诉了我此事？"

"对。"

"这没什么帮助。"

"我已经尽力了。"

托尼恍如房子里的一个鬼魂,他会悄然出现在门口,从不在任何地方久留。一天傍晚,艾丽丝把行李箱放在床上,收拾要带去爱尔兰的东西,托尼就站在那儿看着她,直到她差点问他需要她做什么。

他母亲则用一种愉悦的语气,屡次表明她很高兴艾丽丝会在爱尔兰庆祝她母亲的八十大寿。

"她见到你会很开心。罗塞拉和拉里也期待着这事。拉里说,他将会带着一口爱尔兰口音回家,我不知道到时我们要怎么办。"

她爽朗的笑声让艾丽丝越发不想笑。

艾丽丝打包行李时,托尼一直观察着,她一直板着脸。当她把行李箱从床上提起来时,托尼一个箭步过来帮忙。

"我自己能行,谢谢。"

"你收拾行李的样子,像是要去很久。"

"我不想落下什么东西。"

"你走了我会想你的。"

她面无表情地看他一眼,点点头。她希望自己能说些什么,让他别再伤心欲绝地盯着她。她本想说只是去度假,但随即意识到这不是真话。

"我无法想象这个家里没有你。"他说。

艾丽丝记得拉里看到她打包的衣服数量后,问她是不是爱尔兰没有洗衣机。

如果她早知如今,就会告诉他没有,她母亲没有洗衣机,母亲和马丁都没有冰箱。她走进马丁的房子,想为自己做一个三明治,但黄油融化了。她只能把它留在那里,希望等到傍晚它会凝固。

艾丽丝回到躺椅上,她能感觉到从泥土里散发出一股热气,让青草和苜蓿变得气味浓郁。她不再照着直射的阳光,但还是感受到了热量中的安宁,想起了在遥远的过去,每逢星期天她父亲会借一辆车,他们会来这儿。他们五个挤在一辆小车的后座上,此刻想来不可思议。罗丝讨厌冷水,他们去游泳时,怎么都无法拉她同去。

她想,现在海水一定是冷的,可她还是回屋换了泳衣,把连衣裙套在外面。她带上毛巾,穿过田野朝小径走去,那里她会找到下沙滩的阶梯。她都没想要锁门,车钥匙就留在桌上,拉里若是知道了定会觉得有趣。

沙地上的热度让她回想起那些星期天,父亲仍然穿着西装,哥哥们扛着棒球棍,在沙滩上找人和他们打球。当地那些家族的姓氏——弗朗、墨菲、曼根、加拉格尔——历历在目,仿佛时间从未流逝。

他们仔细地在泥灰土的崖壁上凿了台阶,结结实实地铺了枕木,但最后一段总是松软的沙地。那段她无法踩实,只能冲下去。

她决定步行去诺克纳斯罗格和莫里斯堡，幸好此时沙滩已处于阴影之中。她把拖鞋留在悬崖下，光着脚在海滩上走。

在她离开前的一天，拉里跟着她在房子里转，疑心地打量着她，直到她问他想说什么。

"卡洛说你和爸爸分手了。但后来莉娜婶婶知道了这事，她告诉了恩佐叔叔，恩佐叔叔让我忘了卡洛说过的话。"

"那一家子能只管他们自己的事吗？"

"我答应过不告诉你。"

"我不会把你告诉我的事告诉别人。"

"就这样了吗？没有别的要说了？"

"你想去恩尼斯科西看看吗？"

"你在转变话题。如果是我这样做，你们会批评我的。"

"你们是谁？"

"你和罗塞拉。"

"你父亲和我现在关系不好。"

"我知道。可是你们分手了吗？"

"我不知道。"

"我想告诉你，我喜欢原来的样子。我喜欢我们大家在一起，可能我有时抱怨你和罗塞拉管教我，但我只是说说而已。我不希望任何事改变。"

她不知该如何回答。他认真地看着她。此刻不能一味沉默，也不能说自己太忙，先不谈这事。显然他一直在等一个她不太忙的机会。

"我希望一切都会好。"她说。

"你是说不会有改变?"

"我不想家里有另一个女人生的孩子。"

"我明白。"

"你父亲知道这点,你祖母也知道这点。"

"接下来会发生什么?"

"如果我知道,我就告诉你了。真的。"

"你什么时候才会知道?"

她迟疑了一下。

"我觉得那个孩子会在我们离开那段时间出生。"他说。

她点头。

"这是不是意味着我们可能不会回来了?"

"你总是会回来的。"

"但你不会?"

她想对他说,他将来会是一个好警察或一个好律师,他们会和他的弗兰克叔叔讨论他的未来,可他正一本正经地看着她,她只能严肃对待。

"如果你的祖母没有插手就好了。"

"但如果那人趁我们不在时把孩子放在这里呢?她该怎么做?"

"这都不是我造成的。"

"可你得决定怎么做。"

"我还没有决定。"

"我以为你会说……"

"什么?"

"说些什么。这样或那样做。"

"我不知道。这是最诚实的回答。但你要记住,我爱你和罗塞拉,你父亲也是,这点永远不会改变。"

她走过去拥抱他,他伸出胳膊抱了抱她。但接着他转过身,仿佛受了挫败似的,慢慢地离开房间。

经过诺克纳斯罗格后,她感觉到了一阵和风。她想,无论她怎么做,她都无法什么都不想,享受一个普通的海边日子。在家中,罗塞拉和拉里整日都在她身边来来去去,托尼也是。但此刻她才发觉,即便她独自一人时,他们还是在她身边的阴影之中。在这里,他们仍然在她近旁。

在她离开前的那些日子里,她决定要找车去机场。她不想让托尼送她。她不想听到他的道歉和借口,但更重要的是,她不想听到他说他不确定孩子生下来后怎么办。她知道他很确定,他母亲也很确定。他们只是不觉得有必要告诉她。

她问达凯西安先生是否认识哪个司机,他主动提出要送她去机场。

"托尼无法送你吗?还有那老头巴不得你搭他那辆半废的车,他会把你送到任何一个机场去,只要你开口。如果他们不能送你,那么我会送。"

她后悔跟达凯西安先生提了找司机的事。她在超市的告示栏上查看是否有哪个当地司机贴了布告,但什么都没有。她翻阅电话簿,找到若干出租车的电话号码,记了下来,但没有打过去。

有一周多的时间,她的婆婆避着她,但在她启程前两日,弗兰切斯卡来到厨房门口。

"我马上就走。我知道你忙着。"

她把一个小盒子放在厨房桌上。

"这件小礼物是给你母亲的。一个母亲给另一个母亲的。它很小。我知道你的行李箱已经很重。"

艾丽丝笑了。她能想象拉里对他的祖母说了他如何帮母亲把沉重的行李箱搬下楼。

"我相信她会很欢喜的。"艾丽丝说。

"哦,你说得太夸张了。"

艾丽丝没请弗兰切斯卡坐下,也没给她倒茶。

"罗塞拉和拉里对这趟旅行很期待。我希望你母亲有足够的帮手。要把房子收拾出来给客人住可不容易。"

艾丽丝心想,假如她们在这里待上一整晚,是否婆婆每说一件事都会听着倨傲又霸道?

她希望自己能琢磨出一个如何去机场的法子。她想到如果托尼送她,拉里也一起去,便会容易一些,但她随即明白,拉里会看在眼里,记在心里,他会听着每一句话,推敲父母关系如何。

她离开前一晚,托尼问次日是否还需要他做什么。

"不,我都准备好了。"

"我们应该早点出发,这样你时间宽裕。"

"你送我吗？"

"否则谁送你？还是你不愿意我送你？"

"你说得对。我们应该早点出发。"

她继续走着，在斜射的阳光下，她看到沙滩上有一大块泥灰土圆石，等到涨潮时，它就会溶解。它是从上面的山崖滚下来的。她靠着石头坐下来，眺望大海。这或许是个游泳的好地方。

在她与托尼刚在一起的那些日子里，她就知道不要低估他看透她心思的能力。经常很难对他保守秘密。但他很少问她，于是便有了一种只要她不说，他就假装不知道的处事方式。

她相信他很清楚她会从预产期推算出这孩子是在去年十一月或十二月怀上的。那是一段对她和托尼很特别的时期。在孩子们还小的那些年里，他俩继续房事。但后来就停了。有一年几乎一次都没有。但突然在去年的最后几个月他们之间发生了一些什么。她惊讶地发现两人都变得激情四射。有些日子她刚醒来，托尼就凑了过来，他们会在一天开始前做爱。

这种情况持续到圣诞节。她把那几个月视为快乐时光。但后来她发现另一个女人怀孕，就联想到托尼和这女人的情事一定也发生在那个时期。

在驶向机场的车里，两人默默无语，后来她对托尼说，如果拉里傍晚出门，九点钟必须让他回家，还得让他详细交代去了哪里。

"他不会说谎。"此言一出，她意识到这像是在指责托尼在这方面显然与儿子不同。

"你母亲,"他说,"一定期待着第一次见到她的外孙和外孙女。"

这是他自己母亲会说来缓和气氛的话,她觉得没必要回应。

她想用冷静、坚定、沉着的语气告诉他,如果那个女人的孩子在他母亲家里待了哪怕只有一夜,那么她,艾丽丝,就不会回来了,她会去别处生活,会把罗塞拉和拉里也带走。她会在事实上与他离婚。

她知道这话一旦说出口,他俩之间的情况就会改变。她一直谨慎地没有提出。他们在路上堵车时,她在心中排演了种种表述方式。

她可以说:"如果你把婴儿带回家,我会离开你,并带走孩子们。"或者说:"我说我不希望你母亲把孩子带回家,我是认真的。你能向我保证此事不会发生吗?"她又排演了其他多种陈述观点的方法,可是没有一种感觉是对的。

然后她意识到问题所在。托尼早已琢磨出她想说什么,此刻他盯着前方的道路,就是让她说不出口。他没做什么显眼的事,她便没有因由与他争论或说他不是。他的脸上不露分毫,她无法从他的呼吸或驾驶上看出端倪。但她很清楚,他在周围制造了一种无助甚或是无辜的气氛,让她无法说出狠心绝情和不能转圜的话,无法说出不可收回的威胁。

这看似是他俩之间的一场战斗,但她发觉,她在与他战斗的同时,也在与自己战斗。罗塞拉和拉里几乎不会因为他们祖母家里多了一个婴孩而感到困扰。他们会逐渐习惯。但她做不到,她确定自己做不到。

她希望能在托尼开车时把话和他讲清楚,让他就此明白,如果他和他母亲做出不明智的事来,后果将会如何。

但一旦她说了,她就会失去他。他已经决定了如何处置这个孩子。她再一次意识到,如果她发出威胁,她就得当真。正是这份认知阻止她开口。她不确定自己是否想失去他,也不确定是否要让罗塞拉和拉里在逐渐成年的过程中失去他们习以为常的一切,包括他们的父亲。当他们快到机场时,这种不确定感几乎让她晕眩恶心。

她想在路边下车,但他坚持说时间足够,他会停好车,陪她去办理登机手续。

此刻她眺向大海,望着一排鸟掠过水面,心里有种近乎愤怒的感觉。因为她在车里没有威胁托尼,他开回林登赫斯特时一定颇有成就感,或是觉得他掌控了局面。在机场,当她朝登机口走去时,她知道托尼站在后面目送着她。他们已经拥抱过了。她想,这就足够了。他此刻在等她再次回头,朝他挥手。但她没有回头,她决意不回头。

她站起来伸展四肢,走到水边试了试水温。太凉了。再过几星期,海水才能暖和到可以游泳。即便到了那时,水也是冷的。但她也想起游泳后穿上衣服那一刻温暖的感觉。她决心要现在下水。

她把衣服留在沙滩上，慢慢蹚进海里。哪怕只游一分钟也好。

当她站到齐膝深的水中，一个浪头扑了过来，她皱了皱眉，但没再多想，飞快地游了出去。她浮出水面，觉得已经游够了。水太冷了。她想立刻回到岸上，擦干身体，穿上衣服。

她饿了，后悔没多带些吃的。只能吃融化了的黄油、生菜和罐装三文鱼做的三明治，外加番茄和黄瓜。但她还是高兴她已经买了新床、床垫和床单。她梦想着迈向海上旭阳，来到悬崖边观赏黎明。

她从沙滩返回古虚时，瞧见远处有个身影朝她走来。她想此时一定过了六点钟，大概是某个当地人出来散步。她知道，外人不大来这儿。马丁曾告诉她，他大多数日子都来这儿，但几乎遇不到人。韦克斯福德人去克拉克劳，恩尼斯科西人去凯丁斯或莫里斯堡。马丁说，这边的悬崖太高，人们不容易找到下沙滩的台阶。

她没感到出水后的温热，却感到了寒意，她明白应该带上外套。她有一件厚羊毛衫，一回去就得穿上。她累了，觉得自己一躺倒在新床上就会睡着，但她不能那么做，她好不容易才调整过来时差。

她看到那个迎面过来的人朝旁边迈了两步，避开一个浪头。他太靠近水线了。他像是正在朝她张望。她希望此人不是从恩尼斯科西来的，否则就可能会认出她，并想知道她为何独自到此。

那人向她投来目光，似乎正在等她。她突然想到，无论那人是谁，她都得尽快从他身边经过，如有必要则打个招呼，但要装

第三部 143

出有事在身或得赶紧回车上的样子。

接着她发现此人是吉姆·法雷尔。他朝她转过身,摇了摇头,有种懊恼的讶异,仿佛多年后的这次相遇不该发生。接着他的神情变了。他显得严肃,简直有些忧虑。

她不知该如何是好。她想应该尽量少说话。

"你怎么知道我在这儿?"她问。

三

都柏林的一天结束后,吉姆把南希送到戈里镇火车站,让她上了她自己的车。他有点盼着他们会被人发现,然后消息会传播开来,他们不得不就此公开关系。到时他们可以宣布订婚。米里亚姆也许起初会不同意,但慢慢地会接受。吉姆可以向她解释,她母亲需要他陪同参加婚礼,否则一整天无依无伴太为难她了。也许米里亚姆根本不会介意。

南希随口提到春天在罗马举行婚礼,他的耐心又减少了几分。

"哪年春天?"他问。

"明年春天。"

"可是那差不多在一年之后。"

"哎呀,如果我们在九月订婚,那么婚礼就在订婚后六个月。"

"我们何不现在就订婚,十月结婚?"

"我们需要从长计议。"

"从长计议什么?"

"婚礼啊。你知道,我们不能抢了米里亚姆的婚礼的风头。"

他想说他希望在圣诞节安定下来,但他发现自己改变不了她的主意。眼下还是不谈为好。

他已经蹉跎二十余年,到如今却介意起单身来了。然而与南希结婚的前景一旦铺开,他就开始做梦,梦境一天天地变得更具体,更诱人。

都柏林之旅让他对她定了心。在此之前,他喜欢独自驾车去都柏林,总希望不会有人要搭他的车。他觉得聊天让人尴尬,有时候沉默也尴尬。

他注意到,南希也会沉默,但她不说话时,车里的气氛并不紧张。当她打开话题时,说的话很有趣,就连她对婚礼的担忧也很有趣。但他最喜欢的是她的语调,她聊天时投入的样子。

有时候酒吧生意忙碌,吉姆就忘了何时结婚的问题。他开始喜欢有安迪在身边,安迪会一分一分地对他解说当地的橄榄球赛、足球赛和板棍球赛,还会详细评论球员。在星期六和星期天,安迪直接从球赛或训练课过来。如果讲到中途,他得去服务客人,他会准确记得被打断时讲到哪里,等他们不忙时,他就接着讲下去。

"绝不可能射门。期待米克·斯卡伦直接射门得三分的人,什么都不懂。但到处都有白痴,镇上怎会没有?他只需要打到球门上方得一分,再重复第二次、第三次。他们的分就平了[1]。米克太棒了。但我不知道他遭遇了什么。有人说他被一个姑娘拒绝了,但我讨厌那种嚼舌根。你知道发生了什么吗?"

吉姆说他不知道。

---

[1] 板棍球比赛中,球门是两边有高柱的H形,当球在地上时,运动员只能用脚踢或用板棍打,而球在空中则可以用手接。若球被打进球门得三分(a goal),若打在球门上方两柱之间则得一分(a point)。

"他迟疑了一下。就这样。这就完蛋了。拉帕雷队就这么输了比赛。有个叫布林的混蛋,布林·莫格,就在那一秒钟冲向了斯卡伦。上帝啊,你真应该亲眼看到。那是拉帕雷队的滑铁卢。过会儿他们队里会有人来。别对他们提起这场比赛,否则他们会去比利·斯坦普斯那里喝酒。"

"你还是自己去接待他们吧,"吉姆说,"我会彻底避开他们。"

"你要假装不知道。输得太丢人了。我只能这么说。"

星期一,吉姆期待着沙恩·诺兰在四点钟出现。沙恩也会在周末带儿子们去看比赛。他的观后感比安迪的更清晰。让安迪讨厌的是,他一直说他只想看一场精彩、公平的球赛,从不关心谁输谁赢。

因为星期一和星期二酒吧不忙,人们经常单独来和沙恩讨论赛事,沙恩则一边聊天一边端饮料。他争论比分、技术,但从不找吉姆聊赛事。他真正想聊的是他的孩子们在周末干了什么,说了什么,吉姆也会注意到他在等待时机来说这些。

"杰拉尔丁因为唱歌拿到了一颗星。我不觉得她能唱歌,与梅芙没法比,但科莉特说她有一把好嗓子,只要她能放松下来。修女们喜欢能唱歌的姑娘,但她们让女生唱的,都是你绝不想听的。我希望梅芙和杰拉尔丁学吉他,但修女们想要她们学钢琴。我买不起钢琴,房子里连我们自己住的地方都不够,更别谈安置一架钢琴。"

吉姆知道,沙恩每晚回家都会向科莉特讲述酒吧里来过什么人,说了什么话。

一天,科莉特来了,她已经有段时间没来了。他和她在楼上坐下来用茶,她问他为何心情不好。

"沙恩说我心情不好?有谁心情好吗?每到关门的时候,沙恩自己也心情不好。"

"哦,我只是来看看你是否安好。"

一瞬间,他差点想对她说出实情。如果她知道了订婚的事,他就能向她请教该如何加速办婚礼。但早在他刚长大到能站在吧台后接待客人时,他的父亲就告诉他,如果他感到内心冲动,想要和别人说事,那么就得闭紧嘴巴。没人会喜欢一个唠叨的酒保。他父亲又说,在他的酒吧中,他会知道许多不必知道的事,他的任务就是把事放在心里。

他确定他父亲向他如此建议时,并没有想过他的婚事,但无论如何,不愿分享私事是他的性格使然。他虽然信任科莉特,但拿不准她会不会去告诉她母亲或某个姐妹。消息往往就是这么走漏的。

他想,她一定是怀疑了。有几次傍晚南希打来电话,是沙恩接的。他只告诉吉姆电话是找他的,随即把话筒递给他。但有一天晚上快关门时,安迪从吧台走过来对吉姆说,"你的女朋友来电话找你。"吉姆与南希通话时,尽量缩短了时间,他禁不住脸红了。

"她听起来心情不错。"他放下话筒时,安迪说道。

"你应该去收拾那边的桌子,"吉姆说,"而不是对上司评头论足。"

他猜想科莉特一定从沙恩那里听说了南希的电话。之前她向他提议再考虑考虑南希,他并没有反对。她一定好奇,但她和她丈夫一样有心计。吉姆确定她不会率先开口。她甚至不会问吉姆是否考虑过他们先前讨论的事。他们唯一能做的就是旁敲侧击。

"我觉得这房间很好,"她说,"尤其是在这个季节,你能让窗户敞开着。我喜欢高高的天花板。你应该把窗帘杆修一修。窗帘是不是拉不拢?"

"我会修的。"

"我没对沙恩说过这事,"她又说,"但我觉得你应该让安迪多工作一个晚上。我知道他会喜欢赚这个钱。你办事时间也能更宽裕些。比如说,如果星期四你在都柏林,就不必赶着回来。"

他心想如果告诉她,上星期四他就和南希一起在都柏林,她会如何。

"我觉得你需要好好放松一下。不过你看起来很好。只是沙恩有点担心你。但别告诉他我说过什么。"

第二天深夜南希来时,他看得出她很开心。米里亚姆婚礼的所有细节都安排好了。星期六,南希将会开车去都柏林,去施韦泽斯商店最后一次试衣。

她来他家时举止越发随意了,她会清洗水槽里的杯碟,扔掉发酸的牛奶,不等他开口就为他俩斟上第二杯酒。

他心想她也许更喜欢这样的相处,更满足于对共同生活的期待,而不是婚后真正的生活。她聊起两个女儿不同的消费习惯,米里亚姆对每一分钱都量入为出,劳拉则花钱大手大脚。吉姆一边听着,一边寻思着如果他直接问她为何婚礼非得推迟到明年春季,她会如何反应。

她也许会问他为何总是追问此事。很难向她解释,他在酒吧打烊后走进这些房间时便有种孤独感,当他半夜或晨间醒来,越发感到寂寞。在与她结婚的可能性燃起之前,他并没有这种感觉。如今这种可能性成为将会发生的事,令他难以忍受单身状态,至少在某些时候。

外面天还没亮,吉姆枕着双手躺在床上,看着南希穿衣。很快他会穿上衣服,送她到前门。

"你知道我在期待什么吗?"他问。

"什么?"

"像这样的早晨,我醒来后可以和你一起继续窝在床上,一直躺到早餐时间。真希望我们现在就能这样。"

他心中再次涌起渴望,他俩能就此安定下来,但她没听进去。

"我准备好了。"她照了照镜子说。

她伸出手,他搂着她下了楼梯。他在门廊吻了她,然后打开前门,左右查看街上无人。

酒吧在开门的第一个小时很安静。沙恩会在四点钟来,安迪当日休息,因此这会儿吉姆得自己照看那几个顾客。

通常马丁·莱西进来时,沙恩或安迪会接待他,而吉姆会避开。马丁总是独自前来,已经在别的酒吧喝了几杯,喋喋不休地找人聊天。当初他刚从英国回来时，会找任何哪怕并不熟悉的人聊。但他似乎已经学乖了，不这么做了。

他进来时，吧台前没人。吉姆为他端上一瓶吉尼斯黑啤后，就去了后面的储藏室。他假装很忙，盼着马丁喝完酒就离开。可当他回到吧台，马丁还在那儿。

"我妹妹从美国回来了，"他说，"我想已经有人告诉你了。"

"我听说了。"

"你和她好过。可惜没成。否则我就能终身免费喝酒了。"

吉姆没回应。

"她和我母亲相处得不好。她们就像两只猫。我不懂她们是怎么回事。所以艾丽丝去了古虚，一个人躲到我那小屋里去了。"

"去了古虚？"

吉姆知道，马丁在莫里斯死后，从诺拉·韦伯斯特手中买下了那栋房子。

"是的，她一个人去的。我都来不及在她去之前打扫一下那地方。她有洁癖。到了那里不发疯才怪。但她有车，如果不喜欢就可以回家。"

马丁走后，吉姆发现自己感伤失去艾丽丝的心情，一如二十年前。当他独坐在吧台后面，这种失落感萦绕在心，即便他安慰自己如今已有了南希。在她离开后，悲伤持续了六个月，之后不时地回来，特别是在星期六晚上酒吧关门后他上楼之时。

自从那晚看到她，他就一直挂念着她已经回到镇上。他觉得他们不该不见一面，她不该不来联系。或许他来不及再看她一眼，她就会再次离去，犹如陌路人。

在百无聊赖的寂静中，吉姆做出决定，沙恩一到，他就开车去古虚。只要他能见到艾丽丝，他就会告诉她，他认为他们见不着面是一个遗憾，这么多年后，他只想和她说说话。可是一想到将与她面对面，他又迟疑起来。他要如何解释开车去古虚找她？

他想，很简单，他会告诉她实话。他会说出马丁来酒吧的经过。他不会久留，他会向她保证这一点。真的只是想见她。这样解释够了吗？

他没法问马丁那房子具体在哪。他只知它在悬崖边。数年前，他去古虚某栋度夏屋参加聚会，确定自己曾经过韦伯斯特家的房子。马丁从诺拉手中买下它后，好几个客人都对他说起，房子是卖贱了，这话他还有印象。但他仍不知具体地点。

到了古虚，他把车停在通往海边的小道顶端。他经过了一辆房车，一部被水泥砌在地上的单层大巴车，还有几栋现代小屋，他想这些都是在夏季使用的。空气中弥漫着苜蓿和青草的气息，远处传来拖拉机的声响。他折向旁边的小径，在左侧发现了两栋房子，但没有生活痕迹，没有停着的车，也没有晾晒的衣服。如果连拖拉机的声音都没有，这全然像是一处荒废之地。

在小径的底端，有一道浅沟，但没有通往沙滩的台阶。他站在沟上，眺望平静的海面和荒芜的海滩。也许艾丽丝只是开车过来散个步，此刻已经回她母亲家了。他也许见不着她了，想到此处，他几乎松了口气。如此这般凭空出现，实在难以想象。这凝滞的氛围、平稳的海浪、东边天际白色的薄云、空荡荡的房子，都在强调此地的安稳和隐蔽，它不欢迎一个连找哪栋房子都不知道的外来客。

他走回汽车时，有个女人站在第二栋房子的车道上打量着他。

"你像是迷路了。"她说。

"我在找马丁·莱西的房子。"

"马丁不在那儿。今天一大早我听到他的车子轰轰开走了，但没听到他回来。他得修一修他的车。"

吉姆迟疑着，他想问艾丽丝是否在马丁的房子里。

"对了，你是恩尼斯科西开那家酒吧的。"她说。

他想不出她是谁。

"我是莉莉·德弗罗的母亲。她以前说起过你。我记得你是因为我在那家酒吧门上看到过你的名字。"

"那是我父亲的名字。"

"我也认识他，至少是见过，还认识你母亲。但那也是你的名字。"

吉姆现在仍偶尔在镇上看到莉莉·德弗罗。她曾与他同在信用合作社的管理委员会中。他在古虚出没的消息会被传开。他说话得谨慎了。

"哦，我是在找马丁。但我会在镇上找到他的。"

"他妹妹正在他的房子里，这是一个邻居告诉我的。她租了一辆都柏林牌照的车。我觉得我不认识她。"

他想，如果他还不赶紧走，她一定会问他为何找马丁，那么

第三部 153

他就很难回答出所以然了。

"您知道马丁的房子是哪一栋吗？"他问。

"就在法官的房子后面，"她回答道，"在泥灰塘下面。"

吉姆表示他不明白她在说什么。

"在另一条路上，"她说，"我一直叫它好路，虽然这条路也挺好的。"

吉姆点点头。

"你的妻子好吗？"

"我其实没有……"

"好吧，还有很多时间。你会有好姻缘的。模样俊俏，生意做得又好，如果我年轻一两岁，我得自己追求你。"

"我会告诉莉莉我遇到了您。"

"别告诉她我刚说的话。她会杀了我！"

"我一个字都不说。"

他手里拿着钥匙，正要开车门，又停下了。远处又传来一个噪声，是链锯尖锐刺耳的声音。它从山那边传来，穿透从海滩上漫溢而出的厚重的沉寂。他叹了口气，把钥匙放进口袋。他要去德弗罗太太说的那条"好路"。只要看到都柏林牌照的车，他就知道艾丽丝在那儿。

那辆车停在年久失修的小房子旁边，在背景中很突兀，仿佛比任何声音都更喧嚣。他从未见过这个车型，它的新衬得周遭一切越发陈旧。他心想艾丽丝会不会从房子的某扇小窗后看到他，不等他敲门就来到门口。他站在那儿等待。如果她发现他在门口,她会吃惊的。也许她已经看到了他,但决定躲到后屋里去。

他转过念头,他可以喊她的名字。他心忖她还认得他的声音吗。也许过了这么久,他已经认不出她的声音。

他想,他要下到沙滩,去海边走走。在回来的路上,他会再次停留,走运的话,她会出门或出现在窗口。他要让她知道,他不会惹她讨厌。这很重要,但若是成为不速之客,就难保不会惹人讨厌。

当他发现她正在沙滩上朝他的方向行来时,他意识到无论如何她一看到他就会心生警惕。他闯入了她的独处空间。但她已经瞧见了他,他不能转身。她的头发湿漉漉的。她穿着一条蓝裙子,胳膊下夹着一条毛巾。他正思考该说什么,一个浪头朝他扑来,他不得不闪开。

那一刻他感觉眼前发生的一切是那么不真实。他低头看着沙滩,再抬头时,她就在那儿,脸上的表情既不恼,也不怕,而是困惑,还有几分好笑。

"你怎么知道我在这儿?"她问。

"马丁来酒吧了。他告诉我的。"

"你立刻开车过来了?"

"不久前我在街上看到过你,我怕我们也许没有机会……"

"你好吗?"

"好。很高兴见到你。"

"你要和我一道走回去吗？"她问。

他想，如果此刻有人看到他们，大概会以为他们是出来散步的当地夫妇，但他瞅了她一眼，立刻明白这不可能：她一点不像一个当地妇人。她的裙子不可能是在爱尔兰买的。她的头发湿了之后，越发衬出自然修剪的发型，还有她的皮肤如此光洁，这些都让她与众不同。但更不同的是，她有一种安逸而自信的气质。

她的脸更瘦了，他能看到她嘴角有了些许皱纹。但她双眼明亮有神，她朝他偏过头，说话干脆利落，视线凝聚在他身上。

"我听说你在都柏林和一个女人热恋？"

"谁告诉你的？"

"大家都知道。"

"除了我。"

"所以你脸红了？"

他不知该如何回答。他不确定她是真的听说了这种事，还是编造出来打破沉默。

"你呢？"他问。

"我结婚了，当母亲了。"

"你会待多久？"

"还会待上四五个星期。我的孩子们会在八月初过来。"

他留意到她没说她的丈夫也会过来，心中暗喜。若是在小镇街头看到艾丽丝和她的美国丈夫，他不会好受。

"你母亲呢？"

"挺好，她挺好。"

他想问她为何独自在此，但他所想到的每一种问法都似乎不对。他恍然明白，他真正想问的是，这些年她是否时常想念他，是否后悔没和他在一起。

"你喜欢来这儿吗？"他问。

"这里很安静，很空旷。"

他们走到了通往崖壁的台阶，她找到了她的拖鞋。他拉着她踩着松软的沙子登上第一级台阶。他牵着她的手时，他想这也许就是他来此的目的，只为了再次触碰她，只为了她依偎着他时，看到她的笑。接着他跟在她身后，慢慢地登上悬崖。

"我的头发还湿着，"她说，"在这种空气里，什么都很难晾干。"

走在小径上，他明白了她干了什么。她不知怎么就让这次相遇变得自然而单纯。他找不到机会问她任何事。夕阳照在她脸上，她的微笑是一张面具。但她说话间毫不造作。

"你的口音没怎么变。"他说。

"有时候我尽量用美国口音说话，但孩子们说我的爱尔兰口音更明显了。"

"他们来过爱尔兰吗？"

"没有。"

"你离开后也没来过？"

"从那之后我是第一次回来。"

他知道，他们无疑都记得"从那之后"的含义。他希望这些年他是与她共度的，然而此刻已无法挽回。有那么一瞬间，他也希望她知道他与南希的事。他不想她认为他没有生活。

他突然想到,这大约是他最后一次见她了,他应该说些什么。但转念一想,还是算了。没什么可说的,或者没什么能轻易说出口的,此刻他想不出该如何说。

"你看起来很难过。"她说。

"看到你我觉得难过。"

"别难过这个。这事只能这样。"

"你可曾……?"

"可曾?"

"我不知道。你可曾想起我?"

话一出口,他就知道大错特错。他像是在求她怜悯,或需要她说几句安慰的话。他看着她陷入思考,他看得出,她决定不作回应。当初他认识她时,她比现在更温柔。她不会让他如此窘迫。现在他们站在她车旁,她显然希望他走。她伸出手。她只能做到这一步。她不想拥抱他。他不能再说什么来令她或他自己尴尬。

"希望我没有让你太吃惊。"

"完全没有。"她说。

"我觉得我们应该见个面,但在镇上很难这么做。"

她没有回答,他伸手与她一握。他沿着小径朝车子走去,注意到链锯还在发出噪声,还是那么刺耳地切割空气。他站在那儿,眺望了一会儿海平线,然后掏出钥匙,打开车门,掉转车头回恩尼斯科西。

第四部

一

"是的，你喝多了。我们只求你在这一天做个人。一天而已！所以别说你没有宿醉。你喝多了！"

劳拉在楼梯平台上朝杰勒德大吼。

南希还在厨房里。很快她会上楼去她的房间，对着衣柜门上的穿衣镜检查自己。米里亚姆和劳拉都说喜欢她的套装。

杰勒德告诉劳拉，他会在五分钟内准备好。劳拉回到起居室，和一小时前就准备好的米里亚姆坐在一起。

南希庆幸她坚持让劳拉开车去教堂。虽然教堂很近，完全可以走过去，但她不想被人半路拽住。到了教堂，她会尽量不引人注目。所有人的目光都应该聚焦在米里亚姆的曳地白色婚纱、朴素的面纱和简洁的白色高跟鞋上。

杰勒德将会陪同妹妹走上过道。

南希在门口等劳拉开车过来时，回想起自己是如何挽着父亲的胳膊走过同一个教堂的过道。她几乎为乔治的母亲感到遗憾，虽然她曾在镇上随口说她觉得乔治可以娶个更好的。这话被几个邻居传到了南希母亲的耳中。南希差点想在婚礼前与谢里登太太理论，但还是决定作罢。

她记得那天艾丽丝·莱西和她母亲，还有吉姆·法雷尔来到教堂,众人都深信下一场盛大婚礼将由他们举办。但她记得更清楚的不是艾丽丝和吉姆,而是莱西太太脸上那种毫不掩饰的满足。她印象中的婚礼宴会是一堆杂乱的人脸和声音,大家都在努力让自己的声音盖过音乐,乔治见缝插针地朝她看,朝她笑。没人知道她和乔治将会在罗斯莱尔的海滨酒店共度他们的蜜月第一夜。在当时和现在,这类细节传统上都是秘不外宣。但最近她告诉了米里亚姆,米里亚姆也把她的第一夜安排在了同一家酒店,她也只告诉了自己的母亲,连劳拉都不知情。

"我要怪吉姆·法雷尔。"劳拉边说边开到了主街上。

"怪他什么?"南希问。

"杰勒德在他那儿待到凌晨两点。喝了几小时的酒,如果你不介意我这么说。"

"是吉姆招待他的?"

"吉姆自己去睡了,把钥匙交给那个安迪。"南希和劳拉穿过教堂大门时,新郎的兄弟拦住南希说,他母亲也到了。

由于沃丁家靠近新罗斯而不是恩尼斯科西,南希只见过沃丁太太一次,当时沃丁太太去南希新装修的起居室里查看结婚礼品。米里亚姆安排了这次做客,好让两个女人见个面,可是沃丁太太对礼品的兴趣远超一切,对南希递上的茶几乎没有喝上一口。她指着成套床品、毛巾、餐具套装、玻璃杯和床边灯,逐一询问都是谁送的。每提到一个名字,她就刨根究底,直到南希巴不得她快走。

"那么,是哪个柯比?"南希告诉她有一套派热克斯玻璃餐碟是柯比家送的,她就这么问。

"是纳斯·柯比送的。"南希说。

"是不是有个去了英国的萨拉·柯比?"沃丁太太问,"她也是那家的人吗?有人告诉我她回国了。我弟媳的表弟在布雷,他曾经疯狂追求她。"

"不是,她是另一个柯比。"南希说。

沃丁太太此刻站在教堂外面,身边的两个妇人显然是她的姐妹。南希看到,三位都穿着乡村裁缝师炮制的某种闪光面料做的连衣裙。沃丁太太的裙子是浅蓝色,另两位是黄色和粉色。

南希回身看到了艾丽丝·莱西。她正站在一群女人中间,但又与她们拉开距离。很难相信她穿的裙子与沃丁太太的妹妹穿的是同一种黄色,但看起来更明亮,更纯粹,更耀眼。艾丽丝的外套是黑色的,她的手提包、鞋子和小礼帽也是黑色的。

"南希,我很高兴来这儿。"她说。

"你这趟回家赶得太巧了。"南希说道,她和艾丽丝一样克制地没有露出笑容,没有发出笑声,也没有多说废话。她走开时觉得与艾丽丝的会面太过礼貌拘谨,但或许在当天接下来的时间里,无论谁朝她走来,她都该如此应对。她回头看去,发现艾丽丝已经加入了那群人,正认真地听着一个女人说话,不时地点头,但她自己并不开口。她想,在她认识艾丽丝的那些年里,她们每天都见面,艾丽丝毫无过人之处。但此刻她佼佼不群,仿佛变成了另一个人。南希得出结论,她一定在美国发生了什么。她寻思着那是什么。

她看到吉姆时,吉姆冲她热情而熟稔地一笑。他穿着深灰色西装,理了头。她知道,她不该一心焦虑这一天要如何过去,她的外形如何,吉姆又有何想法。她已经拥有了她想要的。米里亚姆的新郎马特是个努力上进的正派人。这对新人周身洋溢着幸福。而她,南希,有了吉姆,他们即将结婚。她将开启新的人生,这是她在一年前无法想象的。

她和劳拉在前排就座。她们到得早,看到马特一家正在入场,先是他的父亲,接着是他的母亲和母亲的姐妹们,他的几个表亲坐到了后一排,其中两个年轻姑娘的身形气质都惊人地肖似她们的母亲和姨妈。

她知道米里亚姆经常去马特家,但从未说过他家人是如此老派。马特自己安静内向,彬彬有礼,可被视为是某种老古板。也许他会慢慢变得时髦起来。此刻劳拉用胳膊肘不停地碰南希,而南希决心不理睬她,这会儿又来了几位马特的家人,他们先去祭坛前跪拜,然后在过道另一侧的前排落座。

南希回头张望时,看到莫亚和她的丈夫、女儿正从过道上走来。她知道,他们会先围着她和劳拉,对她俩的衣服品评一番,再对米里亚姆即将要穿的婚纱猜测一番,然后才会落座。

"我听说杰勒德在吉姆·法雷尔的酒吧里待到天亮,"莫亚说,"希望他还能好好地陪妹妹走过道。"

"他很好。"劳拉冷冷地说。

"这是在都柏林买的吗?"莫亚问的是南希的裙子。

南希点头。

"我想我们看起来都很漂亮。"莫亚说。

不要伴娘伴郎,是劳拉的主意。她认为婚礼应该从简。此时南希心想,这是否是一种变相地不让马特家人上祭坛的法子。

乔治会喜欢这样。南希想,他一辈子都在店里工作,他能和任何人聊起来。他自有办法和沃丁一家友好相处,自然地接待他们,而南希不会,劳拉更不会,杰勒德也不会。

吉姆与农村人生意往来很多,他也一定知道如何跟他们说话。南希心想,他也许都不会注意到他们的衣着。但她确定他会注意到米里亚姆。米里亚姆从过道走上来时,教堂里的人都转头看她。

弥撒简单,布道也简短。米里亚姆和马特交换誓言时,南希努力忍住眼泪,心知劳拉会很不高兴。她想到自己真的怕劳拉,不由得一笑,其实他们都怕她。劳拉如果瞧见她在自己女儿的婚礼上落泪,是不会对她留情的。

然而无论她想到何处,她自己那场婚礼的回忆还是再次袭来,她觉得乔治没在看顾他们,而是自己走了,他的任何一部分都没有留下。

她开始掉泪时,劳拉严肃地捅了捅她,递给她一块小小的白手帕。

"想些高兴的事。"

她想着乔治的笑容,又想着吉姆从厨房出来,手中端着玻璃杯、饮料、冰块,为他俩斟酒,无人知晓他俩是一对。

婚礼结束后,南希和劳拉、杰勒德跟着新娘新郎走出教堂,此时乔治会涌起的骄傲与吉姆望着她女儿的形象,在她心头融合

第四部 | 165

起来。他们从吉姆身边经过时,南希毫无顾忌地凝视他,让视线逗留在他身上,并欢喜地看到他也注视着她。

她想,他们的等待是对的。如果她与吉姆订了婚,那么人们更关注的就不是新娘新郎,而是他们了。

她假定现在吉姆已经发现了艾丽丝·莱西也在场。之前有几次南希本可告诉他艾丽丝会参加婚礼,但她想等一个能在不经意间提起此事的机会,就像提起某个细枝末节、一桩微不足道的小事。但这样的机会始终没来。此刻她觉得他有权得到提醒,她应该设法让他知情。吉姆在多年后见到艾丽丝,想必会惊诧。南希记得在婚礼宴席上把他们安排在相背的座位上。吉姆坐在她这桌,面对着她。也许在晚间某个时候,她和吉姆可以跳一支舞。他们从未一起跳过舞。

宾客们开始在餐桌边转悠,查看名牌,这时南希瞧见了杰勒德。

"你穿这身西装很帅气。"她说。

"你能把劳拉喊走吗?她一直缠着我。"

"你几时回来的?"

"我进门时两点二十分。"

"这就是男人在婚礼前夜的作为。你可以告诉劳拉,这话是我说的。"

她觉得奇怪,她一直在猜度吉姆的心思。马特的父亲在宴席结束时做了一番真挚的发言,赞扬他儿子的优秀品格,继而赞扬他所有的孩子。南希想象着假如自己是吉姆,听到这番话会怎么想。吉姆不爱玩笑话和噱头,所以他大概会敬重马特的父亲,欣赏他的认真劲头。

杰勒德代表谢里登家发言,朗读妹妹们为他准备好的讲稿。他开头还不错。吉姆会赞同他对母亲和妹妹们的描述,赞同他说自己是父亲身后家中唯一的男人。但当他讲了一个四位修女的笑话后,南希相信他的妹妹们未能预见到此。她想,房间里有些人也许听不懂这个笑话,但大多数听得懂的也不会认为它好笑。南希几乎不敢抬头去看吉姆的眼神。他可能会不悦。但他朝她做了一个无可奈何的手势,表示年轻人就是这样,他们也没办法,于是她松了口气。杰勒德大概意识到这个笑话是个错误,转而讲起母亲如何含辛茹苦地撑起一个家,如何用爱和关怀解救了他们所有人,包括今天举行婚礼的米里亚姆。他回到了讲稿上。

吉姆密切关注着杰勒德,仿佛一等到杰勒德把严肃的语气切换到温暖、昂扬和喜庆的调子,就要指导他尽快结束发言。南希注意到杰勒德望着吉姆,从他那里得到支持。随后到了为新娘新郎祝酒的时刻,吉姆举起酒杯,但目光一直在南希身上。

后来舞会开始了,劳拉预订了一支既能演奏古典乐又能演奏最新流行乐的乐队。南希与马特的父亲跳舞,他带着她环绕舞池,在她看来,像是一个男人在开拖拉机。他不看她,也不和她说话,全神贯注在舞步上,一只手使劲抓住她的手,另一只手搭在她腰间。

与米里亚姆的新任公公一曲终了后,她看到吉姆正等待时机邀她跳舞。

他们步入舞池时,音乐还不太吵,他们可以说话。

"杰勒德的发言很好,"他说,"我本来还担心他。昨晚他心情不太好。你知道,这本该是他父亲的发言。"

"我以为他只是通宵喝酒。"

"他是喝了。我把他留给了安迪和其他几个人照顾,他们保证他没事。"

"我不喜欢那个笑话。"

"那是安迪讲过的笑话。他在酒吧里跟每个人讲,直到沙恩刹住了他。他错在把这个故事讲给了科莉特听,科莉特有个姑妈是修女。"

"她怎么说?"

"她威胁安迪要告诉他的母亲。他怕他母亲。"

乐队演奏起了埃尔维斯的慢歌。他们不再说话。南希闭上眼,感觉到吉姆与她相握的手,喜欢他贴在她身边。她会记得这一幕。她想,是命运让他们在一起。如果艾丽丝·莱西没有回美国,吉姆会与她结婚。如果乔治没死,南希会与他跳舞。她思忖,吉姆还是会被邀请来参加这场婚礼,但她和吉姆还会注意到彼此,还会一起跳舞吗?

她环顾周围,看到艾丽丝·莱西正与一个沃丁家的人深入交谈。那个人和几乎所有沃丁家的人一样,不停地四下张望,面带笑容,发出笑声。但艾丽丝不这样,她只是听着,点着头。

南希欢迎了莫亚两个女儿的男友,他们正赶上舞会开场。她发现，其中一个是她薯条店的周末常客，一直醉醺醺的。接着她高兴地看到莉莉·德弗罗也来了，她在婚前曾与莉莉共事。莉莉无论心里怎么想，总会说让她宽慰的话。

"沃丁一家看起来很好。"她说。

"是的。"南希回道。

她俩对视一眼，显然还有很多话可说。

吉姆为她们端来饮料，然后走开去和一群男人聊天。

"我母亲最近遇到了吉姆。"莉莉说。

南希一心观察舞池里的每个人，似听非听，直到莉莉说她母亲在古虚和吉姆聊了好一会儿，当时吉姆正经过她家。

"和吉姆？"南希问，"你确定那个人是吉姆？"

"啊，确实是吉姆。我妈从不弄错这种事。他好像迷路了，她说。她不知道他去那儿干吗。"

"是哪一天？"南希问出这句才意识到自己不该显得过于关心此事。

"哦，我不知道。一定是上星期。"

此刻吉姆正在吧台与杰勒德还有杰勒德的一个表亲说话。他越来越喜欢告诉她自己日常生活中的小变化。如果安迪迟到了，或者沙恩某个女儿在学校考了好成绩，吉姆都会对南希说。他没跟她说他去了古虚，遇见了莉莉的母亲，这太奇怪了。他能去那儿干什么？南希思索了一番，确定是莉莉的母亲把吉姆与别的什么人搞混了。

乐队停止奏乐，离开舞台休息。大厅里人声喧哗，南希听不

第四部　　169

清莉莉在说什么。她听到有人在拍话筒,但没在意,接着有人喊起来。她望过去,看到是马特的一个兄弟。

"沃丁家有个长久以来的传统,"他说,"让昨日重现,为此我的母亲和她的两个姐妹,伟大的斯塔提娅和传奇的约瑟芬,将献上一曲《旧日沼泽路》。请各位以掌声鼓励,请她们即刻登台。"

"他一定在开玩笑。"莉莉说。

三姐妹登台开始演唱。她们像是在用一个声音唱,任何一人的声音都没有比其他人更高或更低。她们的表情不悲不喜,不紧张也不激动。她们心如止水地唱下去。到了第二段,南希希望自己再也不会听到这首歌,无论演唱者是谁。就连电台都不播这首歌了,因为它过于哀绝。

当她们唱到"我的母亲死于去年春天",莉莉小声说,"竟然在婚礼上唱这个!"

南希瞟了一眼吧台。吉姆·法雷尔、杰勒德和杰勒德的表亲在这场表演前沉默下来。吉姆神色严峻地盯着演唱者。南希想,莫亚会一直唠叨这事,很快整个镇子都会谈论起来。米里亚姆垂下双眼。南希不敢去看劳拉。她一阵懊恼,不该请艾丽丝·莱西来看到这一幕。

"我们吃一堑长一智吧,南希,只能这样了,"莉莉说,"我们能好好笑上几个月。"

歌唱完了,马特的兄弟回到麦克风前。

"不唱《流浪汉的心碎》,"他说,"婚礼就不会圆满,除非苏珊·沃丁小姐演唱一首我们都喜欢的歌。这是沃丁家的家歌。"

"能让我们高兴起来就好。"南希小声说。

苏珊换了一条皮短裙,她让大家安静,接着嘴巴贴近麦克风,发出一声吼叫。她重复说着"我"这个词,音调一次更比一次夸张,最后她唱了起来。

"上帝啊,"莉莉说,"她唱的是《德莉拉》。"

她用粗哑的声音唱着,仿佛她是歌里的男人,一个情绪失控的男人。她龇牙咧嘴吼出每一句歌词。唱到和声时,南希注意到苏珊的几个兄弟和朋友聚到她身后,每唱一句"德莉拉",他们就齐声喊"把他们从你身边赶走"。

"你听到了吗?"莉莉问。

"他们是我想的那个意思吗?"南希回道。

南希觉得是时候去那间劳拉预订的休息室了。她邀请莉莉·德弗罗同去,再加上过来谴责她们刚听到的《德莉拉》的莫亚。

南希在房间里的沙发上坐下来,劳拉告诉她姨妈和莉莉,马特和米里亚姆正在韦克斯福德装修房子。他们增加了一间朝向花园的房间。说话间,侍者来到门口,送来一瓶装在冰桶里的香槟酒和几个酒杯。

"谁点的?"南希问。刚开始她以为是吉姆让人送来的。

"我点的,"劳拉说,"我一看到你那样子就点了。我看得出你多想离开那个乱哄哄的场合。那足以让你想移民。"

侍者充满仪式感地打开酒瓶,倒出香槟。很快又有其他人进来,她们只得又点了一瓶酒,添了几个酒杯。等到房间变得拥挤,第二瓶酒也喝完时，劳拉要她们回大厅，因为舞会一定又开始了。

"我想跳一整夜的舞。"她说。

南希回去路上遇到了沃丁太太。

"好了，陪我坐一分钟吧，"沃丁太太说，"我得好好道歉。我们从小就唱那首老歌。我是说，应该有人告诉我们得另想一首更合适的歌，因为时代变了。而且这是婚礼。我们在想什么？"

沃丁太太抿了一口酒，南希觉得非常疲惫。

"然后苏珊唱了那首歌，还有她的兄弟朋友们。我们都得学些新歌了。我已经严令禁止我家这边再上任何表演，只能好好跳舞。"

南希想到，她也应该为杰勒德的笑话道歉，但她决定不这么做。

"我相信今晚接下来的时间会很愉快。"南希说。

沃丁太太仔细打量着她。

"刚才有人告诉我，你的娘家是法院街的波恩家。我想你有个姑姑嫁到了欧兰特的格辛家，我母亲和她很熟。"

南希想再来一杯香槟。她环顾房间寻找吉姆。她没找到他，却与杰勒德的视线相遇，她朝他示意。

"我觉得沃丁太太和我都想喝一杯，杰勒德，我们知道你会好心地帮我们送来。"

米里亚姆和马特在欢呼声中告别时，吉姆·法雷尔过来站在南希身边。她想，任何看到他们的人，都会觉得他俩像一对。一瞬间她考虑搭他的车回恩尼斯科西,但劳拉已经在等她,很多人都会注意到。她与莫亚一家道了晚安,刹那间,她看到吉姆·法雷尔在与艾丽丝·莱西说话。但随即莉莉·德弗罗朝她走来。她再次望去,已没有他俩的身影。

等到走时,她又后悔没有冒这个险。谁会在意呢!杰勒德会在韦克斯福德过夜。劳拉大可自己开车回家。她决定去找吉姆,说她想和他一起走。他们甚至可以去他家,安静地喝杯睡前酒。

员工正在撤走桌椅,但吧台附近仍有很多人。她退开几步,看吉姆在哪,但瞧不见他。接着她看到杰勒德正在与一个她不认识的人说话。她挤过喝酒的人群,问他吉姆在哪。他告诉她,吉姆已经离开,他对此很肯定。

"他何时走的?"

"几分钟前。你找他有事?"

"不,没事。我只是想知道他是不是还在这儿。"

她们朝劳拉停车的巷子走去。南希一眼瞧见吉姆的莫里斯牛津轿车正停在路对面,她停下脚步。她差点想问劳拉,她们能否在车边等待片刻,她甚至想回酒店去看看吉姆是否回到了吧台。然而她想不出该如何对女儿解释此事,她只能坐劳拉的车回恩尼斯科西。

劳拉发动引擎,缓缓把车开上大街,南希一直朝后张望,看吉姆是否会出现。但他没有出现。南希知道劳拉已经忍不住想谈论婚礼,在回家路上,她也只能听着。

二

"这件不对。"艾丽丝的母亲说。

"你不喜欢它哪点?"艾丽丝问。

"蓝色不适合你。"

"什么颜色适合我?"

"我不知道。我得先看到你穿上身。"

"我还有一件黄裙子。"

"整个镇子都会看着你。他们会有想法。"

"我们在意吗?"

"我在意。我当然在意。"

"这些帽子都不适合我?"

"只有这顶小礼帽适合,但它太黑了。"

她穿着黄裙子过来,母亲绕她走了一圈。

"我觉得你穿什么都棒极了。你一直都这样。"

艾丽丝心想,自从她回来后,这是母亲头一次说好话。

"我有个主意,"母亲继续说,"如果你把你的黑外套穿在裙子外面,会很漂亮。而且黑帽子也不会显得突兀。"

她准备出发去教堂时,母亲站在门口。

"我希望有人送你。在美国,女人都是自己开车去参加婚礼吗？"

艾丽丝一踏进教堂花园的大门，就看到熟人。她的一个中学女同学惊喜地喊出她的名字。

"看到你母亲身体健康你一定很开心。"其中一人说道，接着另一人插嘴进来，艾丽丝已经不记得对方的名字了。

南希母女来了之后，艾丽丝等了片刻才走过去。

"南希，我很高兴来这儿。"她说。

南希瞅了她一眼，像是不太确定她是谁。她似乎在想其他事。但接着她的注意力回到艾丽丝身上。

"你这趟回家赶得太巧了。"她说，但这话听着像是临时想出来的。

不久，一个女人走上前来，她以前认识艾丽丝的姐姐罗丝。

"优雅。我一直这么形容她。优雅。你母亲当年也优雅，当然了，你也优雅。但罗丝特别优雅。她极度优雅。"

艾丽丝点点头，不知该说什么。

"你这趟回家会待很久吗？"这女人问。

艾丽丝刚要回答，就看到了吉姆·法雷尔，她一时间想朝他走去。但她清楚大家都在瞧着他俩。这里的每一个人都知道他们那段过往的某个版本。

有人说新娘已经入场，于是他们都进入教堂。艾丽丝来到侧面的过道，心知吉姆·法雷尔就在后面某个地方。她料想他也心存顾虑。他不会坐在她那一排，她觉得他甚至不会坐在她身后那排。

他是独自走进教堂花园的。她注意到他是唯一一个孤身前来的男人。也许她也是唯一一个孤身前来的女人。她相信这不是南希刻意安排的,只希望没有人会看在眼里。

当新娘在她兄长的陪伴下走上过道,从未见过他们的艾丽丝惊讶于他们与其父何等肖似。同样的黑眼睛,同样的短下颌。当她从母亲那里听说乔治·谢里登的死讯时,她曾致信南希,说她十分震惊。但此刻他的儿子取代他的位置,走在过道上的女儿没有父亲在旁,这幅情景令他的死亡如此分明。她心想,南希在这个日子里,在众人的目光下,想必感到了丧夫之痛。乔治性情随和,可靠,为人正派。南希与他两情相悦。如今他缺席了。也许教堂里的大多数人早已习惯,但对艾丽丝而言,他的死亡扑面而来,以前她并未真正认识此事。

弥撒开始了。祷文才开了一个头,她就走了神。数日来,吉姆在古虚的小径上离她而去的场景始终在她眼前。如果他曾回过头,哪怕只有一秒钟,他就会看到她站在小径上望着他,寻思他为何不回头。

她心中忖量着自己当时想要什么。她想象着他俩坐在马丁房前的荫蔽处,都不知道该说什么才好。接着他低声问她,离开的这些年里,她过得如何。从来没人问过她这个,她的母亲没问,南希和其他人也没问。

她从爱尔兰回去后,托尼心中大石落地,没问过她是否在爱尔兰遇到过什么人。她在那年夏天的离开再也没被提起。这曾让他俩的关系缓和过来。

她曾以为等到罗塞拉和拉里长大，他们会想知道她是如何来美国的。她一直准备着讲述这个故事——她并不想去任何地方，只是周围的人为她安排了一切。从来没人问过她是否想去布鲁克林。这让她在最初的几个月中感到格外孤单。当托尼进入她的生活，她是多么快乐。这不是别人的安排。这是她自己想要的。

可是近几年，托尼的弟弟们发明了这个故事的另一个版本，作为餐桌上的娱乐项目。他们说，托尼曾经参加一场爱尔兰人的舞会。恩佐说，他第一眼看到艾丽丝，都还没与她搭话，就知道这个爱尔兰姑娘是他的。一星期后他就向她求婚。

"疾如风暴，"恩佐又说，"前一天托尼还是可怜的单身汉，第二天就是快乐的已婚男人。"

"后面的事情你们都知道了。"毛罗说。

艾丽丝知道，让托尼叫他的弟弟们放弃这个话题只是徒劳。

她随着教堂里的人跪下又站起。布道开始了，她还是想着家，回忆着她好不容易才让罗塞拉明白，托尼弟弟们说的不是真的。

她记得在某个星期天，她们在午餐后散步回家时，她告诉罗塞拉，她并不是在舞池里被挑选出来与托尼结婚的，那是他的选择，也是她的选择，但罗塞拉没有问她任何问题，她也没再说什么。

她没有去祭坛领圣餐，吉姆·法雷尔似乎也没去。

托尼不知道吉姆的存在。吉姆对她的美国生活一无所知。无人真正了解她。在教堂的这排座位，以及前后数排上，坐着一辈子生活在镇上的人。他们不需要为自己解释。人人都知道他们的配偶是谁，孩子们叫什么名字。他们遇见不同的人时，不会使用不同的口音。在他们生活的地方，他们的孩子在售票处和商店里不会经常抢着开口，免得他们母亲的口音引人质疑。

在古虚的沙滩上，吉姆表现得像一个乐于倾听的人。她最喜欢他的一点就是他能够保持沉默。他们走在一起时，他几乎一言不发。但她希望他没有问她是否想过他。他希望她说什么？

现在他们得在整个婚礼上回避彼此。她得装作没在想他。

到了婚誓的环节，突然艾丽丝眼前浮现出托尼，他像个鬼魂似的从过道走上来找她，然后他看到了她。托尼谁都不认识。即使她把他介绍给众人，他也只会是一个外人，一个陌生人。他或能体会到她这些年来离开家乡的感觉。

新娘新郎亲吻，随后走下过道，这时她的这种情绪越发强烈，她知道不该沉溺其中。她想，她创造了自己的生活。她不该在这样一个日子里为自己感到遗憾。林登赫斯特的房子里的那些房间，属于托尼、罗塞拉、拉里，也属于她。房子周围绿荫覆盖的街巷，海上飘来的带着咸味的空气，长岛即将变天时有规律抖动的光线，这一切都成了她的生活。

艾丽丝跟着参加婚礼的人群走下过道时，一时与吉姆四目相对，但他低下了头。

在用餐前，艾丽丝屡次想去和南希聊天，但南希一看到她似乎就躲开了。

艾丽丝庆幸她的座位背对着吉姆,她的两侧分别坐着南希的妹夫和马特·沃丁的姨妈。这位沃丁姨妈认为她在美国什么地方有个表亲。

"她以前把美元夹在信封里寄来,但我母亲不知道该拿这些钱怎么办,后来有人告诉她,应该去银行兑换,但那时她已经不记得把钱放哪了。"

当艾丽丝的邻座都开始与另一侧的人热烈聊天,艾丽丝一直传递餐碟,同时努力去听她对面的那个女人在说什么。

他们饮开胃酒时,她注意到吉姆形单影只。如果吉姆在都柏林确有女友,那么这是一个带出来亮相的好机会。艾丽丝思忖着在他俩最后一次见面后,这些年他是怎么生活的。她很想问问他,哪怕会听到他说在她走后他曾多么痛苦。

她意识到,等下周罗塞拉和拉里从长岛过来,就更难找时间地点与吉姆见面了。婚礼上大家都看着,是不可能与他交谈的。

她希望能再与南希聊聊,也许能重提吉姆的话题,多了解一些他的情况。

罗塞拉和拉里会带来林登赫斯特的消息。她还没收到托尼的来信。无论何种情况,他都很难知道自己该说什么。多年前,在罗丝去世后她回到这里时,会定期收到他的信。她叹了口气,想起自己并不急着拆信。当时她心里有别的事。但当她最终读信时,发现信写得文理通顺,充满爱意,她羞愧自己没有回信。

她回返布鲁克林后,过了一段时间才发现那些信其实是弗兰克写的，因为托尼的笔迹歪歪扭扭，错字连篇，词不达意。在他家中，无人提到这一点，也无人把它当笑话讲。这些年，托尼需要写东西，就请她帮忙，她总是为他代笔。

她想，如今托尼不太可能请弗兰克为他写信了，他知道她不会像从前那样被工整的笔迹和通顺的词句欺骗。

她旁观着众人跳舞，她对马特的两个兄弟说，她过会儿跳舞，现在不跳。她觉得自己思虑过度，她应该走到宾客中间，和她记得的人交谈，享受这一天。

当那三个女人唱起《旧日沼泽路》时，艾丽丝从她站着的地方能把吉姆看得很清楚。由于大多数人都在关注舞台，她便尽情地朝他瞟。她想，也许她对他的兴趣太过明显。她看看地板，她瞅着唱歌的人。但当她回头，便瞧见吉姆的目光在她身上。他笑了笑，但她没有报以微笑。她差点要走开，但恍然醒觉，她真的想见他。

新郎的一个妹妹唱起一首聒噪的歌，引发了一阵喧哗、大笑和口哨声。艾丽丝没再去瞧吉姆在干什么。但她一点点朝他挨近，最后站到他身边。

在那首歌唱完之前，她发现南希和另一个女人离开餐桌，走出房间。

吉姆就在咫尺之遥，他靠过来用力握住她的手，示意她跟他走。她等他走出老远，但仍在视线内，并确定无人注意她时，她才跟出去，来到大门一侧。所有人的注意力都在舞台和那首歌上。

他们朝下走的这段楼梯是酒店最老旧的部分。一个楼梯平台上堆放着箱子,下一段楼梯像是很久没使用过了。这里光线昏暗,对面是一家此刻已关门的咖啡店。吉姆在靠近门口的一张桌子边坐下来。

"终于找到一个安静的地方。"他说。

她坐到他对面。

"我觉得我跳舞的日子已经结束了,"他又说,"你呢?"

她笑了笑,沉默了片刻才说:"你那天走得很快,我觉得遗憾。"

他摇摇头,笑出声。

"我以为你想尽快摆脱我。"

"我那时不知道该说什么。见到你我很意外。"

"我想再见你一面。"

"我的孩子们下周过来。到时也许很难再找时间。"

"我们可以试试。我怎么和你联系?"

"我不知道。我母亲一直看着。还有我哥哥。"

"我的电话号码在电话簿上,吧台的电话和楼上的电话都有。"

"你要我给你打电话?我母亲没装电话。"

"我要我们保持联系。或许你可以用电话亭?"

她思考了一下,接着突然站起来。

"也许我们应该回楼上了。有人会惦记我们的。我先走。"

艾丽丝回到大厅,找到南希的妹妹,尽可能地拖住她聊天。她想离开,但别人都没走,她也只能等着。

第四部

很快，莫亚告诉她，她只打算暂停片刻，寒暄几句。她说她的丈夫还在房间那边的餐桌上等她。

艾丽丝得开车，便没喝杰勒德为她送来的酒。她只喝了一杯水。

此刻她发觉房间里闹哄哄的，音乐都被盖了过去，侃声四起，众人都在随意谈笑。她端着水杯走来走去，急需找一群人一起聊天。马特的兄弟再次过来邀她跳舞，她答应了。这能让她度过接下来的十分钟。她看到南希正深陷与马特母亲的交谈。她决定过会儿就溜走。

她正准备离开，看到南希和劳拉站了起来。新娘新郎已经走了，大概她们也觉得该走了。艾丽丝谨慎地没有四下寻找吉姆，但她有种感觉，他一定知道她在哪。

当他出现在她身后时，她毫不惊讶。

"我喝多了，"他说，"我得把车留在这儿。有人和你一起走吗？"

"我可以送你回去，如果你是这个意思。"

"塔尔博特酒店对面有一个小停车场。你知道那儿吗？"

"我相信我找得到。"

"要不你开车去那儿，我过会儿去找你？"

她本想说她的车就在外面，但又想到他们应该尽快达成一致意见。

"我会在那儿等。"她说完转身离开。

塔尔博特酒店的停车场里虽然停着几部车，但还是一片荒寂。她等在那里时，发起抖来，几乎想发动引擎回家。但无论如何都得等到吉姆来。她得想好见到他时说什么。

她并不觉得他喝醉了。他声称自己喝多了，很可能只是一个策略，是一步与她再见面的妙招。他出现时，她很高兴他想出这个一起回家的办法。

她开车驶过码头时，他低着头。

"你能过桥后朝右转吗？"他问。

"那会去克拉克劳。"

"我们可以在卡斯尔伊思转弯，从那儿去恩尼斯科西。"

但当他们看到克拉克劳的路牌时，他让她右转。

"你着急回家吗？"他问。

"我母亲一定还没睡。"

"在等你？"

"我想是的。"

"你可以说婚礼举行到很晚。"

到了克拉克劳村，她没等他说可以停到沙丘的停车场，就打了右转灯。

"你认识路。"

"有些东西忘不了。从前我父亲经常在星期天借一部车子带我们来这儿。有时去古虚，有时来这儿。我就是在这儿学会游泳的。"

她从山坡开下去到沙丘，关了车窗挡风，外面下起了细雨，她打开雨刮器。他们在停车场一开车门,就明白这不是一个适合海边漫步的夜晚。

"今天风和日丽,"他说,"我以为这儿会很安静。抱歉让你绕了路。"

在车里,她等了片刻才再次发动引擎。

"你有话要和我说吗?"她问。

"我想和你说说话。就这样。但我觉得自己真蠢,把我们拉到这儿来。"

"本来可以挺完美的。"

她觉得自己得留神每一个说出口的字,不能给他错误的印象。但同时她不想送他到镇上后,徒耗时间犹疑不定,一边鼓起勇气想给他打电话,一边奋力驱走这个念头。

"你能开进镇子吗?"他问,"我会在码头下车,你可以停在你平日停车的地方,然后步行到酒吧。房子的门没上锁。我会在厅里等你。"

她在克拉克劳和恩尼斯科西之间的小路上缓缓行驶。她想,现在他俩单独相处,有足够的机会说话,可谁都没有打破这种在她看来是轻松自然的沉默。他们都面向前方,朝着车灯和夜色,也许并无必要开启一段聊天。

如果她母亲或是南希此刻看到她,或者托尼知晓此事,他们都不会理解。她自己也不理解。她想到可以让吉姆在恩尼斯科西的码头下车,并告诉他她不打算当夜秘密去他家。她大可对他说,她要回家睡觉了。只需要他说错话,或过度坚持。

长岛

过了格伦布列恩村后,她打破了沉默。

"这些路很孤独。"

"我们已经不远了,"他应道,"你开车很稳。"

他们从德鲁古尔德的陡坡开进镇子,她在基欧酒吧旁的码头停车。已经过了关门时间。码头上空空荡荡。没人会瞧见吉姆从她的车里出来。

三

吉姆在门廊等着艾丽丝,大门没上锁。他意识到,在这样的夜晚,南希很可能会打电话来。如果她打来,他决定让电话铃响到停止,次日假装没有听到。

他突然想到,如果艾丽丝不来,事情会容易许多。他会知道该怎么做。他能畅想他俩也许会有的交谈,设想她会喝的酒,梦想在楼上的房间他朝灯光下的她走去。

她一定停好了车。他勾勒出她走在法院街上的身影。他听着,但没有声音。如果她今夜不来,等到她的孩子们过来,他俩不太可能再见面,那么刚刚这趟汽车之旅,便成为他失去的机会。他愿意安静地待在她身边,让她集中心神开车。但如果这是他们最后一次相处,那么他应该和她聊聊的。

他转念一想,在大事落定后,南希一定会想见他。在这样一个夜晚,她会松懈警惕,不打招呼就来找他。他心头一凛,南希和艾丽丝也许会在他家门口遇到,各自奇怪对方为何来此。

门被推开时,他差点吓得倒退。

"希望我找对了地方。"艾丽丝小声说。

她在身后轻轻关了门。

"我担心你改变了主意。"吉姆说。

他带她上楼时,心想,他安全了。

在起居室里,吉姆端来酒水,坐在壁炉边与她相对。如果事情不是那样,她本该熟悉这间屋子。但他不该提起。他不该说得像是在埋怨她。

他感谢她来做客。她点点头,抿了口酒。他问起她的孩子们。

"我的女儿,"她说,"好学,认真。我不知道她这性格是从哪来的。"

"你不就很认真吗?"

"我想我是的。不过她得到了更好的机会。"

"你的儿子呢?"

"拉里?他对来这儿特别兴奋。"

"比他的姐姐更兴奋?"

"罗塞拉九月上大学,所以她还有其他事可期盼。"

吉姆注意到艾丽丝没有提到她的丈夫。

"奇怪的是,"她说,"他们是十足的美国人。不只是口音,而是一切方面。星期二一早我要去机场接他们。他们一出来我就能看到这点。"

他看着她,努力听她说话,心知也许不会再有机会和她如此相处。他几次想去厨房,装作去拿冰块或第二杯酒,独自待一会儿,留点时间让自己相信她真的来了,他真的在听她说她的生活。

她不久就会离开。他很清楚,她不是来和他过夜的。他一直希望她还不打算走。她显然很想说话。他会问一些问题,但不会多。他一直留意着她是否提到她的丈夫。她谈到了林登赫斯特、

第四部 | 187

她在修车店的工作、她的亚美尼亚人老板，但绝口不提每晚她回家后，身边除了孩子还有谁。

最好别问。她的丈夫仿佛不在，但一瞬间，一句话，这种感觉就会破灭。况且，问起她的丈夫未免太直接，吉姆不想让自己显得很感兴趣。他以为过一会儿她一定会说些什么让他知道。但她还没说。他觉察到她对此小心谨慎。

如果她表示她的婚姻美满，自己即将回到丈夫身边，那么此刻对他而言，事情变得简单多了。他不必做任何决定。他会有一种暗暗的失落。但他已习惯于此，这是他在大多数夜里上楼时的心情。

自从和南希商定结婚后，他常在酒吧关门后坐在这张椅子上，回想上次见面时她说了什么，梦想着下次何时见到她。他知道她离得不远，就睡得更安稳。如果此刻南希走进这间房间，她会说什么？

他终于去了厨房，他发现难以置信的是，艾丽丝·莱西还是在他的起居室中，喝着酒，描述着她初到布鲁克林时寄宿的人家。

这些年来他想象过很多，但没想到这一幕。他想回到房间，问她为何来此——只为了对他讲述他俩分别之后她的生活？

"你还是和你丈夫一起生活吗？"他回到沙发椅上，突然发问。他本没有打算说话，这下子他意识到，她正要继续讲述她在美国的第一份工作，而他打断了她。

"托尼？"她问道，仿佛他提到的可能是另一个人。

他点点头，端详着她，而她犹豫了一下。如果她是与丈夫生活在一起,那么她会立刻说是。

"是他送我到机场的,我想这说明了问题。"

他心想她此言何意。

"但我不知道该对此说什么。"她又说。

她让他知道,家里出了问题。他想,她已经说得够明白了。

"你为什么不结婚?"她问。

他暗笑她也会问出这种突兀的问题。他决定放她一马,不说他在她当年离开后的感受。如果他要对她讲述自己的生活,那么就得装作南希最近未曾在艾丽丝此刻坐着的椅子上坐过。他得假装没有和任何人谈恋爱。

另一方面,艾丽丝也许是他能推心置腹的人。她是外人。他可以告诉她,他是如何与南希订婚的。她想必会保守秘密。他觉得她是最值得信赖的人。她会恭喜他,说她是多么高兴。他不必再好奇她的丈夫。也许她在走之前会再来看望他。但她很快就要走了,他在她身边荡漾的情思都会随她而去。

他知道该怎么做,但他想让这无以名状的一刻持续下去。他没有回答她的问题。

她同意再喝一杯。他再次去取冰块和调酒饮料时,觉得自己应该再说几句。但他还是得谨慎。

"你有遗憾的事吗?"他回来时问她。

她笑着啜了一口酒。

"如果我当初更为坚强,就不会离开这儿。我没有远大梦想非得离乡背井。我原本可以留下。但若是那样我就不会有我的孩子们了。"

她看了他一眼,目光灼灼,他不确定她是否在说她原本可以和他在一起。

"后来呢,你遗憾过别的什么吗?"

"我遗憾没能多念书,但那一直都不可能。"

她能说什么令他满意的话吗?他发现自己期望过甚。她几乎不可能说出后悔没能和他在一起。

当她问他最遗憾的事时,他失了神。他后悔虚度年华,他后悔过了这么久才找到一个喜欢的人。

"我后悔那次没跟你走。那天早晨我一收到便条说你要回布鲁克林,我应该去火车站找你,找不到就去船上。我曾经想过,如果我跟你走将会如何。"

"还有呢?"

他靠在椅背上,闭上眼摇了摇头。

"还有一桩事,"他说,"但我不知道能否告诉你。"

"我很快就得走了,"她说,"如果你不告诉我,就会多一桩遗憾。"

他又摇头,"有些事是私人的。"

"是关于我的吗?"

他想,也许她希望他说几句此刻与她同处一室的感受,还有这些年没能与她在一起的痛苦。但他想说的事,是会让她有反应的。

"时代变了,"他说,"我在酒吧里发现了这点。风气已和我们年轻时不同。但我时常懊悔我们没能一起共度一个夜晚。我后悔我们没做过那事。"

那一刻，他以为她会起身离开。但她大笑起来。

"真没想到。"

"这是我今晚说的最真心的话。"

她笑了。

"你从来没想过这个？"他问。

她直视着他，但没回答。

"我是说……"他欲言又止。

"你想说什么？"她问。

"星期二你得去都柏林机场。如果你星期一去，我就能与你见面，我们可以在都柏林留宿。"

"留宿？"

"住在酒店。我有时在回家路上会停在一家酒店。它叫蒙特罗斯，在斯蒂洛根。你一定不知道。是一家现代酒店，没什么名。我们可以在那儿见面。"

她站起来，问他洗手间在哪。他注意到她十分平静。

"你都计划好了，"她再次出现时说道，"你真的这么做了。"

"我刚刚才想到的。我没有计划过任何事。但我可以在星期一两点钟在那里和你会面，晚些也行，只要你方便。"

"你以前很羞涩的。"

"我得设法再见你一面。"

"是的，我看得出。"

第四部 | 191

"也许我不该问。但我想要这样。说实话,这想法我是刚刚才有的。"

"我确定一下。你会开你的车去都柏林。我开我的车去。我们在酒店见面。一间房。过夜。对吗?"

"对。"

"早上我会去机场接孩子?"

"没错。但是,听着,如果我要求太过分,那就算了。"

"等等,我在想,我母亲会怎么说?"

"你在想这个?"

"不是。"

他等着她提到她的丈夫。

"那么你在想什么?"他问。

"在想我已经耗尽了你的待客热情,现在我该回家了。"

"也许我太过分了。"

"完全没有。只是你得给我点时间考虑。"

她起身离开。

到了客厅,他打开两盏灯,谨慎地没去拥抱或亲吻她。

"我会考虑的,"她说,"我答应……"

"你是说有这个机会?"

"现在如果你不再说了,那就很好。"

他拉开前门的锁,左右扫视空荡荡的街道。

"我会考虑的,"她又说了一遍,"我会给你送便条告诉你。我明天会送。"

"你记得酒店的名字吗?它刚过斯蒂洛根,不到唐尼布鲁克。"

"现在我得回家了。别再问了!听到了吗?"

他竖起手指到唇边。

"一个字都不说了。"他说着关上了门。

第五部

一

"好了,我有个好消息告诉你。"沃尔什神父刚跨进神父之家的接待室就说。

"感谢您来和我见面。"南希说。

"我喜欢听到好消息,"沃尔什神父说,"听说你要再婚,我们都很高兴。"

"您知道,我们还没告诉任何人,只告诉了您。"

"会有足够的时间告诉他们。好了,这里的神父对你们要在罗马结婚都没意见。我们在罗马有个老朋友,西恩·安格林神父。他会安排合适的教堂。他建议你待上一星期,如果不待更久的话。他还说天气会相当好,不会太热。"

"他知道我们能住哪儿吗?一家小酒店?"

"我可以问问他。我们有足够的时间。"

他们在沙发椅上相对而坐,中间的矮桌上摆着茶和饼干。他问她是否觉得在意大利待一星期太短。

"我知道你们都有生意要照管,但所有的夫妻都需要时间来了解彼此。如果我是你,我就会待上两星期。"

南希注意到神父缓缓地搓着双手。她点了点头,心想如果告诉神父,她一直在深夜去吉姆家,而且确实觉得她已对他了解很深，神父会作何感想。她想，在去罗马之前，她会开车去韦克斯福德，在方济各会排队忏悔，希望当值的是那位以同情和理解著称的会士。

"你心善吗？"她上次去忏悔时，那位会士如此问她。

"是的，我希望我是。"

"你是一位尽心尽责的好母亲吗？"

"我是。"

"那就念一段痛悔经，安心地回去吧。"

她沉浸在回忆中自顾笑了起来，突然她发现沃尔什神父正好奇地打量她。

"我们需要填表格吗？"她问他。

"教堂方面的事都会为你办妥，"他答道，"我们乐于为你服务，这事由是高尚的。"

"事由？"

"结婚圣礼。"他微微颔首，然后笑着看她。

"哦，我看到吉姆·法雷尔了，"沃尔什神父继续说，"昨天在街上。当然，我没对他说任何事。但他看起来心情很好。我听过不少坏消息，所以看到他情况很好，我也感到欣慰。你的孩子们一定都认识他了吧？"

"哦，是的，他们认识他。"

"我相信当他们听到这消息，将会特别高兴。"

这会儿他的口气像是在对一大群会众布道。

"可是像这样保守秘密一定很难。"他说。

"我的原则,"南希说,"还有吉姆的原则,是不告诉任何人。所以知道此事的其他人就是您和您在罗马的同事。也许还有其他几位神父?"

"我们会保守秘密的。这是我们的工作,如果你愿意这么称。"他指了指他的衣领。

走到教堂街的顶端,南希还不想回家。她出门时,杰勒德还在睡觉。如果他此刻已经起床,那么她就得继续讨论星期六晚上发生的事。

平时周末来薯条店帮忙的布鲁奇·福利,星期六下午请了病假。没有人能够在星期六晚上独自经营薯条店,所以南希向杰勒德提出取消他去怀特谷仓舞会的计划。但他直接拒绝,尽管他明知母亲没法一个人看店。

"我们说好的,星期六我不干活,"他说,"如果我三个周末晚上都干活,我就没有自己的生活了。"

"那我呢?"她问,"我不该有自己的生活?"

"你可以在星期五或星期六休息,"他回道,"没人不让你休息。"

"今晚我一个人忙不过来,这点你比谁都清楚。"

"我已经约了人去怀特谷仓。我的朋友们都去。"

"下周我就有帮手了。到时你可以去。如果布鲁奇干不了,我就找别人。"

他背转身去。

第五部 199

"吉儿①,今晚我需要你在这里。"

一小时后,她在柜台后打扫时,他又出现了。

"真的抱歉,今晚我不行。你得另外找人来。"

"你有什么建议吗?"

他耸耸肩。

快到午夜时,一个她不认识的男人来到人群里等餐,他开始朝几个顾客呕吐,接着又吐在了柜台和地板上。南希立即要打电话给吉姆,但随即想到他会问杰勒德在哪。她也不认为她能请他帮忙清理呕吐物。她得让客人们等在外面,自己动手清理。

她去提一桶热水和拿拖把时,发觉忘了关小油炸锅的火。薯条店很快就满是油烟味,她只得打开朝街的门,让等在外面的人暂时别进来。

这时已过酒吧关门时间,店门口来了更多的人。即便如此,她还是觉得不能叫吉姆来,不能让他看到这一幕。等到店里的烟气散尽,她就会关门打烊。外面的人太多。她无法再重新热油来炸鱼,做汉堡、薯条、洋葱圈。

也许她得吸取教训,不能再在周末独自看店。也许这也是杰勒德的教训。当她缺少帮手时,他不该和朋友去韦克斯福德。他得为生意承担更多责任。

她尽力清扫。当她终于关起店门,有几人开始敲窗子。她径直熄灯,上楼,坐在厨房餐桌边,不敢去开朝向广场的前屋的灯。

---

① 杰勒德的昵称。

她发觉自己在发抖。即便她决定给吉姆打电话,她也怕他会看到她不想让他看的状况。

她发现自己在想乔治。如果此刻他能走进房间该多好。他一如往常心不在焉地进来,来拿一杯水,或是寻找他不知丢在哪的眼镜,她正在读摊开在桌上的报纸,抬头看了他一眼。杰勒德也进来了,穿戴一新准备去舞会,他来拿车钥匙,或是向父亲要钱。

如果乔治未曾去世,那么集市广场就不会有一群寻衅滋事者围在她的薯条店门口。即便当她知道即将失去他时,她也未曾想有朝一日她会担心外面的吵闹声会让邻居们次日一早来向她抗议,还担心如果她现在不下楼再次拖地,呕吐味就会残留在店里。

她再婚后,吉姆在星期天凌晨一点结束营业,到时将会是怎样一番光景?他得等着她筋疲力尽地打扫卫生。这对他和她将意味着什么?

此刻在教堂街上,她害怕自己得面对杰勒德。他已经告诉她,包括广场上的隔壁邻居在内的好几个人,都向他描述了星期天凌晨发生在薯条店门口的那一幕。他将之视为她的失败。

在他还没说更多的话之前,她走出了房间,接下来这一天她都刻意避开他。

她经过绿地时,想到应该去拜访艾丽丝·莱西。南希想起来,在婚礼上她没怎么与艾丽丝说话。也许艾丽丝快要回美国了。她沿着后街一路行走,经过技术学校后,转弯进了医院巷。

莱西家的大门敞开着,客厅里有几个工人。南希看出这大概

第五部 201

不是来做客的好时机，几乎松了口气。她站在外面等着。如果艾丽丝一会儿还不出来，她就走了。然而艾丽丝的母亲从厨房里出来了。

"我从来都不想要一台冰箱，"她对一个工人说，"也不想要洗衣机，我自己的灶台用得好好的。但我有什么办法？"

"别磨蹭了，"工人说，"等我们把这些都接好，你会非常满意的。"

莱西太太发现南希站在门口。

"是谁？"她问，"是南希吗？"

"我觉得我来得不是时候，"南希说，"艾丽丝在家吗？"

"她在都柏林。"莱西太太说。

"希望我不会见不到她了。"

"不会。明天她就带她的两个孩子一起回来了。我就趁今天把家里一些拖了很久的事干完。我叫了这几位好人来帮忙。"

南希能听到厨房里传来敲榔头的声音。

"不，"莱西太太又接着说道，好像南希问了她一个问题似的，"我不知道艾丽丝为什么今天上午去了都柏林。她说她要去买东西。但明天她会很早回来。"

南希说她会很快再来，但莱西太太坚持请她进屋。

"我们可以在后屋喝杯茶。"

厨房里，管道工正在安装洗衣机。在旧橱柜、开裂的瓷砖和褪色的漆面的映衬下，新冰箱和新炉灶显得格格不入。

"这对艾丽丝会是个大惊喜，"莱西太太说，"她不知道厨房的变化。我想要一个现代厨房,那样孩子们就不会觉得是到了外太空。我干得不错吧?看起来很棒吧?"

"他们一定会高兴的。"南希说。

"我听说了婚礼上的事,"她们在后屋坐下来后,莱西太太说,"艾丽丝很适合被派到任何地方,她一回家就带来各种消息。她说沃丁一家子很活泼,每个人都是。她说你的衣服装扮选得很好,特别适合你。还有唱歌的事!"

"哦,我没有唱歌。"南希说。

"我觉得寡妇在婚礼上最好让别人来唱歌,"莱西太太说,"乔治过世几年了?"

"到上个月五年了。"

"你还是没想开,"莱西太太说,"或者至少我没有。我们所能做的只是感谢上帝的小小怜悯,过一日算一日。"

"确实如此。"南希说。她想尽快喝完茶就走。

"艾丽丝还说吉姆·法雷尔去了婚礼。"

南希点头。

"我一直奇怪他怎么不结婚。"

南希喝了口茶。

"我问艾丽丝在婚礼上有没有和他说过话,或者有没有念及旧情和他一起跳个舞,但她差点对我发火。"

南希看着地板没说话。

"我每次遇到吉姆,他总是对我很客气。"莱西太太继续说。

"我常想,他单身住在酒吧楼上的大房子里不大好。"

南希心忖，老太太应该觉察到她一直没搭话。

"但我总是说，每个人都冷暖自知。我说得对吗，南希？"

"您当然对，莱西太太。"

"好了，我得失陪了，我要去看看床有没有搬上阁楼，得让我的美国外孙拉里有地方睡觉。"

南希到家时，杰勒德正在厨房。

"我突然想到，你应该找个工作。"她说。

"我有工作。"

"你有工作，但你不干。星期六晚上我没看到你。除非泡在怀特谷仓也是工作。"

"这个我们昨天已经谈过了。"

杰勒德从厨房桌边站起，朝门口走去。

"我们大部分生意，"南希拦住他说，"是在周末。你不能在星期六晚上请假。"

"星期六晚上我不工作。其他日子我都行。"

"即便我一个人看店的时候？"

"布鲁奇以后会来的。"

"她只提前两小时通知我们她来不了。这种事以后随时会发生。其实在星期六，我们三人都应该在店里。"

"星期六我不干。"

"所以我认为你应该找个工作。可惜你有机会时却不念书。你的妹妹们……"

"别跟我说我的妹妹们怎么怎么。"

最终她让开道,坐到桌旁。她听到前门关上的声音,一下子想到了什么,然后她走进大房间,站在那里眺望集市广场。

她意识到,等她嫁给吉姆,她不会继续经营这家薯条店。如果杰勒德不管,她也许会考虑把整栋房子出售。他才十九岁,还不能独立掌管生意。但她结了婚,就不想在周末卖炸鱼、汉堡、袋装薯条,身上散发一股油烟味和油炸食品味。吉姆必定考虑过此事。也许她只要为他打理家宅便足够了,尤其在搬进花园平房的情况下。

她越是盘算薯条店的事,就越发明白要放弃这份工作,得让吉姆主动来说。他清楚这生意的利润。他对她的收入相当了解,而她对他的收入知之不详。但吉姆在酒吧赚的钱肯定足够他俩生活。

如果吉姆说她不该再在薯条店里工作了,她会假装从未考虑过此事。她会表示惊讶。她寻思着如果吉姆参与生意,是否会对杰勒德有帮助。也许他能指导杰勒德,甚至掌控他。她可以假装也在管理,但会渐渐地把决定权交给吉姆。她得谨慎,尤其在一开始不能看起来像是蓄意彻底退休。她会显得忙忙碌碌,但不会加入高尔夫俱乐部,也不会去打桥牌。

下午两点半,大多数用午餐的顾客已走,她认为这是去酒吧与吉姆谈事的好时机。她几度想这么做,但都忍住了。她只做这一次。沙恩四点才会去那儿,安迪很晚才上班。吉姆对她说过,这段时间是多么安宁。他说,这是他最喜欢的时刻。

如果她打电话,她觉得吉姆会说等晚些他下班后再见面。但她可以装作要告诉他关于罗马的消息。她想象着他们来到酒吧的另一头,她悄声道出沃尔什神父说过的话。她希望吉姆还没怎么听说星期六晚上的事。他也许会奇怪她为何不叫他帮忙。那么她得装作那只是小事一桩。

如果她发现吉姆正忙着,她会尽快离开。但她希望在聊天的某个时刻,她能流露出疲态。她要让吉姆知道,经营薯条店让她不堪重负。之后他们再见面时,她会旁敲侧击,让吉姆感觉到,她无法长久地开薯条店。很快,再见几次面后,吉姆会明白,他们婚后他就不能让她继续在店里工作了。

在这般无风而暖和的日子里,镇上像他们两家这样的房子都有窒闷感。她遐想着有一栋平房,厨房的双开门朝向一个带露台的花园,她会在那儿摆上桌椅。她会设计好房子的朝向,让露台沐浴在早晨的阳光中。

她对这个计划确信无疑。无论在一天的哪个时刻,无论她处于何种心情,她从未动摇要离开镇中心去别处生活的决心。但她发现自己对一些小事举棋不定,比如她建议杰勒德应该离开薯条店去找一份工作。

父亲过世那年,杰勒德十四岁。在葬礼前后的日子里,米里亚姆和劳拉从未离开彼此,一度当众哭泣,但杰勒德始终一个人。他不说话,也没流露悲恸。他僵住了。无人能看透他的心思。他返校后,关于他顶撞老师的投诉随之而来。南希无论怎么说怎么做,都奈何不了他。他不再去网球俱乐部。到了冬季,他被橄榄球队清退,因为他不去训练。

她一踏进酒吧,吧台后的沙恩·诺兰就和她打了个招呼。
"老板不在。"沙恩说。
"他何时回来?"
"他没说,但他让我晚上锁门,所以应该不会很快回来。"
"你知道他在哪吗?"
南希一问出口就意识到,她仿佛在说她很关心吉姆在哪。
"他在都柏林。他在都柏林有事务。"
南希想不出会是什么事务。吉姆的会计和律师都在当地,她也不明白为何他没告诉她去都柏林的事。
"你要留个信吗?"沙恩问。
"不用,不用,我只是路过。"
她知道,这话听起来很假。
"好,我会告诉他你来找过他。"
"不必了。"

她想,真奇怪,吉姆和艾丽丝都在都柏林。吉姆通常在星期四才去城里,而今天是星期一。艾丽丝的母亲也奇怪她为何这么早去了都柏林。而且吉姆为何要在都柏林待到很晚?

南希想到他们会在格拉夫顿大街上偶遇。会发生什么呢?他们会驻足交谈吗?一瞬间,米里亚姆婚礼上的那一幕闪入她的脑海。她曾看到艾丽丝和吉姆以一种轻松随意,颇为熟稔的方式在聊天。这里头有古怪，因为她曾以为他俩一旦相遇，气氛会是紧张别扭的。但当时她被一个人分了神，又被另一人占据了全部注意力，就没再去琢磨那一幕了。

但此刻那一幕变得更确实了。也许吉姆和艾丽丝在婚礼前有过交谈，他们之间的隔阂已经消解。这意味着他们能看起来像老朋友一样聊天。

但还有些别的什么。刚才沙恩的表情和语气中有些什么，莱西太太说到艾丽丝在都柏林时也有些什么——一种不确定感，似乎有些事无法解释。"他在都柏林有事务。"沙恩这么说。恩尼斯科西没人这么说话。沙恩的语气太正式。但也有可能，吉姆确实在那儿有事不想让她知道。也许是和钱有关的事。艾丽丝也并非不可能早早地去都柏林，只为了不和母亲待在一起。

南希经过集市广场中央的纪念碑时，看到杰勒德正朝家走去，他耷拉头，双手垂在腿边。她突然为他感到难过，想到等他们都到家后，她是否应该对他说，在星期六晚上他随时可去怀特谷仓。但这将是一个错误。她希望吉姆此刻能在酒吧里。哪怕是把这事说给他听都能令她宽心。

她感觉无助。她左思右想才决定要与吉姆谈话，不仅为了杰勒德，也为了他们在婚后将在何处生活。吉姆总有办法安慰她。他喜欢杰勒德。吉姆自己也许也会考虑离开镇子居住。可惜他此时不在那里。

在星期六夜晚的事之后，在她与沃尔什神父谈过罗马之后，她不确定自己是否还能独自度过一个沉闷的下午。有些事得改变，有些事得发生。南希等车过马路时,突然想到应该把她与吉姆结婚的计划告诉杰勒德,就在此时,就在此刻。她顿时提起了兴致。她迈着轻快的步伐朝家走去,要赶在自己改变主意前找到他。

二

"我不是这么说的,"拉里打断她说,"我说的是你们以前吃人。"

"那是什么时候?"艾丽丝问。

"我说了。大饥荒。大饥荒时代。"

他们从机场出发后,坐在后座的拉里对艾丽丝说了那本达凯西安先生给他的书。

"他也给了罗塞拉一本书,但她没带来。"

"那本书太重了。我回去再读。但弗兰克叔叔也给了我一本书,我在飞机上读了。"

"那本书是一个女人写的。"拉里说。

"拉里,我会自己跟母亲说这本书的。"

罗塞拉在她的包里翻找。

"书名是《我灵魂的价值》,作者是贝尔纳黛特·德夫林。"她说着拿出一本平装书。

"我的书是《大饥荒》,"拉里说,"书上说你们当时找到什么吃什么,还吃人。"

"你是什么意思,'你们'?"艾丽丝问,"拉里,你老实说!"

"这是书上说的。别冲我来,我只是在读这本书。"

"他大声地读最糟糕的段落,整个飞机都听见了。"

"那么你的书呢?"艾丽丝问。

"开头非常悲伤,后来我真想见见贝尔纳黛特·德夫林。我敬佩她。如果我们在恩尼斯科西时,她也能来就太好了。"

过了阿舍福德后,艾丽丝在路边找了个安全的地方停车。

"有件事我要对你们说。你们的恩尼斯科西外婆不知道我们家发生的事。什么都不知道!她上了年纪,这事会很伤她的心。所以,不能说!一个字都不能说!还有,她的房子很多年没装修了。我不知道我们会在哪几间屋里睡觉。但不许抱怨。你们的外婆很骄傲也很敏感。"

"她是怎么得到那栋房子的?"他们继续上路后,罗塞拉问道。

"你是什么意思?"

"贝尔纳黛特·德夫林说,天主教徒是不可能有房子的。"

"那是在北部。"

"南部不是这样?"

"不,完全不是。"艾丽丝驶过阿克洛时,罗塞拉和拉里都睡着了。他们谨慎地没有提起父亲和祖母。艾丽丝心想,他们是否知道托尼未曾写信给她。

舌尖扫过牙齿时,她还能尝到吉姆·法雷尔嘴里的味道。那天早晨在酒店房间里,她答应他会很快用帕内尔大街一端的电话亭给他打电话,虽然她也说了很难找到借口离开她母亲家。

前一天在蒙特罗斯酒店的前台,艾丽丝一问到法雷尔先生,吉姆·法雷尔先生,年轻的接待员立刻指引她到顶楼的一间房间。

当日阳光明媚,天气暖和,他们应该去散个步,但她想象着他俩会待在房间里,直到她次日早晨离开。吉姆来开门时只穿着衬衫和袜子,神情尴尬。

"我打了个盹。"他说。

"别让我……"她开口道。

她看到一张双人床,笑着想到居然这么容易。

"希望这房间还行,"他说,"可能比美国酒店的房间小一些。"她不想说她从未住过美国的酒店。

她脱下鞋子,片刻后,躺在他身边。她亲吻他。他摸索着她的衬衫扣子时,艾丽丝很想对他悄声说,不必着急,她会和他待到次日早晨。

傍晚五六点,吉姆用床头电话拨了一个号码。她听到他订了八点钟的双人餐桌。

"我们要去餐厅吗?"她问。

"那是一个安静的地方。意大利餐厅。很不错。我星期四来时常去那儿。"

进了城,吉姆在车流中游刃有余,他在小巷子里找了一个停车位。到了餐厅,他要了后面的一张空桌位。

他们落座后,艾丽丝发现,这地方只有餐桌灯照明,没人会注意到他们。

吉姆让她负责点两个人的餐。

"不要太花哨的菜,但给我点惊喜。我总是点同样的东西。但现在我身边有了个专家……"

"你为我取了个好绰号。"

"我仍然不知道你现在算不算美国人。"葡萄酒和前菜端上来时,他问道。

"我想我在给尼克松投反对票时,我成了美国人。当时我觉得自己是美国人。"

"我的酒吧里有一群老一辈的人。他们对政治了如指掌,英国政治、北方政治、美国政治。所以我听说了很多尼克松的事。"

"你对他有何看法?"艾丽丝问。

"有一件事我很奇怪,"吉姆说,"我奇怪的是他做了那么多事,但他们在小事上抓住他不放……"

"你是说在水门事件上?"

"这事可能不小,但在我看来是小事。也许如果你在美国,这事就不一样。在美国人看来,爱尔兰也必定不同。"

"我不明白为何我没怎么看到和听到德里和贝尔法斯特的消息①,"艾丽丝说,"我以为这里也会有旗帜、游行。在美国,如果你是爱尔兰人,每个人都想和你说这些事。"

"起初,"吉姆说,"北部的话题讨论很激烈。一天晚上酒吧里大吵一场,有几个人要求我们进攻北部。后来那些在贝尔法斯特

---

① 指的是北爱冲突。主体由清教徒构成的阿尔斯特统一党和保守党主张北爱尔兰留在英国,主体由天主教徒构成的共和党主张北爱尔兰离开英国,爱尔兰南北统一。双方从1960年代末到1990年代多次发生激烈冲突。

第五部 | 213

被烧了房子的天主教徒来到了镇上。每个人都给他们买酒喝,他们身上发生过可怕的事。但不久之后,他们结伴抱团,没人再理睬他们。后来我们没再见过他们。他们一定是回北部了。"

结账后,吉姆去了洗手间,那会儿艾丽丝对自己感到惊讶。她发觉她很期待接下来的这个傍晚,和吉姆一起坐车,和他一起回房间,继续这段谈话,然后在床上和他共度此夜。

罗塞拉和拉里在车里睡着了。她驶往恩尼斯科西时心想,此刻吉姆已经到家了。她让他别和她联系,等她主动来联系。

"何时?"他问她。

"很快。"她回答。

"多快?"

"我还不知道。"

"我想知道你是否是自由的。"

"这个我们可以谈。"

"但你一定知道。你自己一定知道!"

她确实知道。那一刻,她确信如果她能够,她想和他在一起。但她得先确定前一夜和今早的感觉不会变。

"别逼我。"她说。

"如果你是自由的,那么我……"

"现在先别说这个。"

"我想和你在一起,无论如何都行,哪怕我得……"

"你说够了!"

"这一次,我会跟你去纽约。我想这么做。我想问你我能否这么做。"

她忍住了没说她也想他这么做。但她笑了笑,沉默下来,接住了他的视线。

"一个字都不许说,"艾丽丝把车停在法院街时说,"不许抱怨。好好对她。你们在家不能忍的,在这里得忍。"

"你说得好像她很难相处。"罗塞拉说。

"她是难相处,"艾丽丝说,"或者自从我来了她就难相处。"

母亲打开前门时,艾丽丝发现冰箱、洗衣机和炉灶不再堵在门廊里。

"哦,"她母亲说,她的外孙女和外孙正站在房子外面的人行道上,"你们一点不像我家这边的。你们是两个意大利人。进来,进来,整个镇子都会说我怎么让你们站在大街上。"

进了厨房,他们的外婆让他们坐在餐桌边。她无视艾丽丝对安装好的冰箱、洗衣机、炉灶的惊讶。她打开冰箱门,里面空空的,只有一瓶牛奶、一块黄油。

"我们马上就开饭,"她说,"饭菜有点简陋,不过先让你们安顿下来。"

他们跟着她上楼。她带拉里去他的阁楼卧室,又说把楼下的前屋改成了卧室,可以让罗塞拉住。

"你何不住我的房间,"艾丽丝对罗塞拉说,"我睡楼下。"

"我为什么要住你的房间?"罗塞拉问。

"因为你外婆房间就在隔壁,她会喜欢你住在她旁边。"

"这样一换很好。"艾丽丝母亲说。

马丁到来后,询问他们的旅途情况,这时艾丽丝来到门厅,她打开前门,又尽可能轻地关上。等大家都入眠后,很容易从房子里溜进溜出。

马丁和母亲正在对孩子们说,艾丽丝一来就努力地把房子变得更现代。

"所有东西都不对,"她母亲说,"太大,太小,颜色不对,样式不对,我只得把它们都退回去。"

艾丽丝决定不去指出这冰箱、洗衣机和炉灶正是她买的那些。它们没有被退回去。

拉里与大多数人都能自来熟,但也有一些人他心怀提防。比如,他花了一年多时间才与达凯西安先生亲近起来,甚至与弗兰克叔叔只要隔段时间不见面,他便与之疏远。此刻艾丽丝看到他正在评估主动提出要带他去镇上逛酒吧的马丁。

"他们不在乎你这年纪的小伙子进去喝杯汽水。他们根本不管。"

"汽水是什么?"

"你们在美国没汽水?"

"就是软饮料。"他的外婆说。

"所以只要你想去,"马丁说,"我们就去酒吧。小心了,恩尼斯科西的酒吧!"

"我想我会在附近待着,"拉里说,"我有段时间没见到我的爱尔兰外婆了。"

"你以前又没见过她。"罗塞拉说。

"我就是这个意思。"

饭后,马丁离开了,艾丽丝去了起居室,用航空信纸给托尼写了一张便条,告诉他罗塞拉和拉里平安抵达,此刻正在恩尼斯科西她母亲家中。

她不知在信尾该如何落款。不能是"你真诚的"这类正式用语,也不能是"爱你的"这类明确的话。她写了"再联系"并署上名字。她带着航空信去了邮局。

第一个星期,艾丽丝带着她那上下车毫无问题的母亲,还有罗塞拉,每天下午开车出去兜风,让拉里去探索镇子。她们去了韦克斯福德,在码头散步,还去了罗斯莱尔,在凯利酒店喝下午茶。她们的行程远至沃特福德,甚至到了基尔肯尼。

第一天后,母亲问艾丽丝是否介意她和罗塞拉坐在汽车后排,因为她想听到外孙女说的每句话。

"她一直在你身边,"母亲说,"现在罗塞拉和我得把我们错过的都弥补起来。"

后来罗塞拉对艾丽丝说,她觉得这个安排挺奇怪。

"我宁可她坐前排,如果她听不清我说的话,我可以大声点。"

"最好还是随她的意。"

每天早晨,刚用完早餐,罗塞拉和外婆就去商店,莱西太太不时驻足向每个认识的人介绍她的外孙女。罗塞拉个子高,皮肤晒得黝黑。她买了几条牛仔裤，但没有穿，因为她外婆不赞同年轻姑娘穿牛仔裤。她还收起了几件款式简单的连衣裙，因为她外婆觉得这些太赶时髦。

"你是来过镇上的最优雅的女孩，"她的外婆说，"自从你母亲在二十五年前从美国回来之后。"

"她是那么优雅吗？"

"她去美国之时，伤了很多人的心。"

她外婆想要了解罗塞拉的一切。罗塞拉向她解说了美国的教育体制，说了她的各科成绩，丝毫没有流露对外婆不停提问的厌烦。有时艾丽丝发觉自己正在听女儿说话，她注意到罗塞拉不怎么提到托尼，更不提她的祖母。艾丽丝知道罗塞拉很谨慎，也知道她母亲会发现这点，这会让母亲不满。

两天内，拉里已经逛了镇上大部分酒吧。

"他们不问我的年龄，什么也不问。你从来没有告诉过我芝士、炸洋葱、盐和醋那些事。我点一杯苏打水，一袋洋芋片，然后到处看看。如果有人问了我太多问题，我就去另一家酒吧。但大多数人都很好。他们都想知道我从哪来。"

"你最喜欢的酒吧是哪家？"他的外婆问。

"我喜欢斯坦普的，"拉里说，"我喜欢古董酒馆。我喜欢俱乐部酒吧，我喜欢吉米·法雷尔的。"

"吉米·法雷尔的？"外婆问。

"在那里工作的安迪会带我去看板棍球比赛。艾丹队打星光队。"

"那是吉姆·法雷尔,不是吉米。"外婆说。

"安迪叫他吉米。"

"我相信他不是当面叫的。"

星期六,她们开车去克拉克劳后早早返家,发现马丁在厨房里。

"你们知道拉里去了镇上的每一家酒吧?"

"我们知道。"莱西太太说。

"他把我们的事告诉了每个人。"马丁说。

"什么事?"

"关于你八十岁生日的事。"

"哪方面的?"

"他们是怎么为了这事来这儿的。"

"但这是真的。"艾丽丝说。

"还有其他各种事,和别人无关的事。"

"比如说?"

"很多人好奇你怎能长期租一辆车。于是有好事者在拉金的酒吧里问了拉里,他告诉他们,他的弗兰克叔叔给了你钱,所以你能租车。"

"他怎么知道这事?"艾丽丝问,"谁告诉他的?"

"我的祖母。"罗塞拉说。

"但他为什么给你钱?"莱西太太问。

"他有很多钱。"罗塞拉说。

"那么很可惜他没和你一起来,"莱西太太说,"很多钱!

第五部　219

真好。"

艾丽丝知道,大家都看得出她是多么尴尬。

"好了,等拉里一进来,"莱西太太说,"我会跟他说,让他知道整个镇子是多么好管闲事。"

拉里在茶点时分出现。

"好了,你去哪了,小捣蛋鬼,"莱西太太说,"你外婆等着你带她去滨江散步。我坐在这儿等你呢。"

"我不知道……"他开口说。

"好吧,现在你知道了。我已经准备好了拐杖。我们可以从弗里街过去,不过提醒你,我们得慢慢走。如果我摔倒了,别人会指责你,我们可不想那样。"

"我会确保您不摔倒。"

"你们看,"莱西太太说,"他是一个完美的美国绅士。"

他们离开后,马丁又出去了,留下艾丽丝和罗塞拉两人。

"我不想你祖母告诉你钱的事,"艾丽丝说,"事实上,我宁可弗兰克没把这事跟他母亲说。"

"她想让我们放心,在爱尔兰一切都会好的。"

"你担心过这个吗?"

"我想你知道我们在担心什么。"

"你的父亲和祖母让情况变得很糟糕。"

"你不会回到他身边了吗?"

"我希望我能告诉你一切都会好的。"

"那么其实并不是?"

"我不想……你知道我不想什么。"

"那么会怎么样?"

"这不关我的事。我告诉过你父亲和祖母我的看法,这取决于他们。如果他们想装作我不重要,那么……"

她话没说下去。

"那么怎样?"

"那么我不知道。"

"我父亲让我告诉你,他希望你回家。"

"他用你来传消息?"

"我不该告诉你吗?"

"我得把你和拉里的需求放在心上。"

"拉里要的很简单。他不想要任何改变。"

"你呢?"

"我不想要你不快乐。我快上大学了。从下个月开始,我大多数时间不在家。但我想回家时能看到你和爸爸还有拉里。我当然想!"

夜里,艾丽丝考虑着溜出家门,去电话亭给吉姆打电话。

罗塞拉和拉里抱怨过睡不着。也许他们会听到动静,并下楼来发现她的床是空的。

她觉得在被人发现这事上,她是过度焦虑了。事情或许很简单:她可以去帕内尔大街一头的电话亭,给吉姆打电话。他会接电话。他们可以约好见面。她可以去他家,在楼上房间和他见面,一如婚礼那晚。

上午用早餐时,她母亲叫拉里把起居室角落里的一个大纸板箱搬到边桌上来。她在箱子里翻找了好一会儿,又叫罗塞拉来帮她。拉里出去后,艾丽丝听到母亲和女儿在悄声谈话。她突然想到,如果她说她出去买份报纸,她就算走到集市广场也不会被人惦记。

她会经过吉姆尚未开门的酒吧。他大概还在楼上,但也可能会出来买报纸或买些食品。

她朝拉夫特街走去,一路留意着他的身影。

她在戈弗雷商店买了报纸,又穿过集市广场。她可以在一两家橱窗前稍作停留,但不能逗留过久。如果此刻吉姆从他的楼上窗口眺望,就会看到她。

到了家,罗塞拉在门厅遇到她。

"她上楼去了。你过来看看。"

艾丽丝看到边桌上、地板上铺着一沓沓的照片,一些是黑白照,一些是彩照,都是小尺寸的。

"好几百张照片。她按次序整理好了。我从没见过这些照片。"

艾丽丝想,这些年来,她母亲从未说过她收到了这些逐月寄来、记录孩子成长的照片。

"她全都标上了日期。"罗塞拉说。

艾丽丝拿起一沓照片翻看起来。其中一张是在琼斯海滩上,婴儿时期的拉里被他父亲抱在怀里。托尼穿着一条她觉得自己能认出来的泳裤。在另一张照片上,艾丽丝自己一手抱着罗塞拉,罗塞拉正瞅着相机。艾丽丝觉得这张一定是托尼拍的,而她一定拍了那张托尼把拉里抛到空中的照片。接下来这张令她感到不解。是托尼的单人照,他袒着胸,笑着,背后是大海。她为何会把这张寄给母亲?

母亲回来后,她指了指角落里的另几个箱子。

"我想罗塞拉会想看那些照片,但也许她家里也有这些。"

"我没有。"罗塞拉说。她抬起另一个箱子放到沙发椅上,拿出一摞摞包在小封套里的照片。

"我通常每次寄十张或十二张,"艾丽丝说,"但我从来不知道你留着它们。"

"难道我会扔掉吗?"

艾丽丝查看这些照片时,发现她在刚结婚的那几年中还寄了一些她拍的托尼家人的照片。

"我知道他们所有人,"她母亲说,"两个叔叔和他们的妻子,还有祖母、祖父。我看着你们长大。"

次日下午,天气阴沉,她们决定待在家中,翻看另一箱照片。这时马丁在古虚,而拉里去看板棍球赛了。

他们找出了罗塞拉十岁出头的照片,艾丽丝注意到她忸忸怩怩的,还在镜头前摆姿势。拉里自然得多。如果他知道她在拍照,就会大笑或做鬼脸。

她想把几张照片放到一边,等拉里回家看,但她母亲阻止了她。

第五部 223

"我一直按顺序排放,如果你这么做,我就再也找不到它们了。"

拉里进来后,艾丽丝想勾起他对照片的兴趣。

"安迪带我去看了板棍球赛,两队人马都把对方打得屁滚尿流。"

艾丽丝发现,儿子已经融入了镇上的口音。

"拉里,你不能在外婆面前说脏话。"

拉里兴奋地大口喘气。

"有个人站在我旁边。他是星光队的铁杆球迷,有个艾丹队的球员正背对着他,于是他走到对方身后,朝对方屁眼狠狠踹了一脚。"

"拉里!"

"安迪说会有人来调查,所以我应该装作没看见。可是我看见了,最奇怪的是那个人飞快地回到原位,站在那里装作没干什么坏事。被他踢了的那个球员躺在地上呻吟。那人的靴子正中他的屁眼。"

"拉里!"

艾丽丝让拉里来看她在圣诞节拍的照片,当时他六七岁。

"爸爸留长头发。"

"当时每个人都这样,"艾丽丝说,"恩佐和毛罗也是。"

"我经常想写信说他们的头发太长了,"她母亲说,"有个弟弟,我不知道是哪个,看起来像披头士。"

"那是恩佐。"艾丽丝说。

拉里找出了他十岁生日聚会的照片。

"看，那是我收到的自行车。"

"就是你摔下来的那辆？"罗塞拉问。

"我只摔过一次。"

后来到了傍晚，他们看到了最后一个箱子，艾丽丝的母亲问："你们不再办聚会了吗？"

"什么意思？"

"这个箱子里的相片都是罗塞拉和拉里的，也有一些是你的。其他人不愿意拍照吗？"

"我想给你看孩子们的成长，但说实话，我都不知道你看过这些照片。"

"我想它们说出了自己的故事。"她母亲说。

"这话是什么意思？"

她母亲耸耸肩，目视远处。

等到拉里去酒吧讨论比赛，母亲上床之后，艾丽丝注意到罗塞拉欲言又止，拿起另一张相片评论起来。

"昨天你回来时，我想告诉你一件事，但我不知该不该说。你记得拉里带外婆出门散步吗？她本想告诫他别在酒吧里乱说话，但她逼他说了家里出了什么事。她答应不告诉任何人。但昨天你出去买报纸时，她告诉了我。她知道了一切。"

"一切？"

"她知道有个婴儿会来。"

"她知道你的意大利祖母打算收养这个婴儿？"

"我觉得他没告诉她这个。"

之后数日，艾丽丝等着母亲发话。她以为母亲一定想知道她的打算。如今一切都合理了，托尼为何没和他们一起来，她为何来了之后对他仅有只言片语。

她想，母亲会指责她未对自己吐露实情，而她也会指责母亲利用不能保守秘密的拉里。也许母亲正等着她讨论此事，但她无话可说。她无法告诉她，前一周她在都柏林的蒙特罗斯酒店与吉姆·法雷尔共度一夜。她也无法说出她对托尼有何打算，因为她自己都不知道。

她开始遐想与吉姆如何一起生活。她想象着在林登赫斯特附近的某个镇上，一栋平房里的一间小卧室。她梦想着自己醒来看到他在身边。

可是当她巡视那栋他们或许会租的房子时，她看不到拉里睡在哪，也看不到罗塞拉的房间。托尼的家庭会想尽一切办法诱使罗塞拉和拉里去参加他们的星期天聚餐。拉里不想和母亲、吉姆同住。她相信，如果吉姆来了，她会失去拉里，还有罗塞拉。

她发现还有很多不确定的事。现在她无法做出决定。她得告诉吉姆，她需要更多时间。

一天夜晚，房子里静悄悄的，艾丽丝希望他们都睡着了，她穿好衣服，溜出门去。她沿着约翰街走到帕内尔大街的电话亭。她带着吉姆家的电话号码。但接着她发现有枚硬币卡在卡槽里，她没法打电话。

她记得在教堂街的一头还有一个电话亭。她快步穿过后街。时间快到凌晨一点。

她投入硬币，拨出号码，但当她听到吉姆的声音时，她无法让自己按下 A 键和他通话。她听到他说了几遍"你好"，又说"按 A 键"。然后她搁下话筒。她站在电话亭里，思考着种种该打和不该打电话的理由，但她想到的理由都毫无用处。

她离开电话亭，经过绿地，朝威弗街走去。如果朝广场走，转入拉夫特街，她也许能到街对面敲响吉姆的门。她想到自己一动不动地站在他家对面的人行道上，抬头望着堂屋的灯光。她不能过街。她想还是别去拉夫特街。她决定回家去睡一会儿，次日才能与罗塞拉还有她母亲开车出去兜风。

三

杰勒德坐在吉姆对面的沙发椅上。时间是下午四点多,沙恩能够独自照看楼下的酒吧。

"我不知道你母亲告诉了你多少。"吉姆说。

"不能更少了。"

"她也许说过,她没理由继续经营薯条店。如果情况不是这样,我们会考虑卖掉整栋房子,但显然你母亲不想这么做,我也不想。第二个问题是:你想经营薯条店吗?"

"我能干的其他事不多。我曾以为这生意迟早会交给我。"

"现在仍然可以。但为时过早,就是这样。这是你母亲的意思。你用我的会计师和银行。你以市场价的一半付给你母亲租金。我们每星期见一次面,检查账目,处理其他事情和疑难问题。我能全权管理你的账务。我们这样先做几年,再谈下一步。"

"下一步?"

"嗯,也许把整个店都交给你。但那是将来的事。你觉得可以吗?这份责任很大。不是每个人都能在周末夜间工作。"

"我会尽力而为。"

杰勒德站起来时,吉姆想到还有一件事要说。

"一定要让你母亲和我来宣布订婚的消息。我知道你可能很想告诉别人,还有你的妹妹们,但最好还是别说。过段时间,我们会通知所有人。我想她因为先告诉了你而有点内疚,但说都说了。"

杰勒德走后,吉姆靠在椅子上闭上眼。他希望艾丽丝联系他,想要她说出他可以随她去纽约。如果她答应了,他就会让沙恩和科莉特租下酒吧。他有存款,但租金会让他在纽约的生活更轻松,尤其是在初始阶段。

如果艾丽丝来说她想和他在一起,那么他会尽快去找南希,告诉她他不想和她结婚了。如果她不曾把订婚的事告诉杰勒德就好了,但他确定她没告诉其他人。如果他去了美国,南希不会面对镇上的闲言碎语。

他仍然相信艾丽丝会说好。毕竟她也答应了与他在蒙特罗斯酒店见面,他没有为此大费口舌。他曾想谈谈他们将会如何生活,但她让他等。所以他只能等。但他无法等很久。

他在脑海中勾勒出一幅画面——他穿过集市广场,想去看看南希是否独自在家,或者打电话问她当晚能否去他家。她忙得不可开交,填表格,安排旅行日期,希望圣诞节时他能在米里亚姆家中和劳拉、杰勒德一起过。他们公布订婚将水到渠成。她也曾说过要彻底搬出镇子,建一栋平房,有一个花园。

他知道,她对此持谨慎态度,因为他没有对这个想法表示很感兴趣。他想要在酒吧楼上的房间里短暂休息。他想要能够在夜里登上楼梯,跷起双脚,而不是钻进车里开到乡下。他指望着南希能在一天结束时待在那儿,当所有的客人都已回家,一切都收拾停当后，他能与她喝一杯。但接着他意识到指望这个毫无意义，这正是他准备离开的。

他试着去想：当他告诉南希他不想去做他们安排好的那些事，她会有什么表情？他将说出什么理由？她会说什么？如果他告诉她，他将离开镇子，但不说原因，她会下什么结论？

她不会信他。当然需要时间来让她明白他是认真的。这次见面将会持续多久？

只有南希、杰勒德和沃尔什神父知道他们的订婚，艾丽丝不应得知他与南希有过关系。他想，即便在将来，他都不会把这事告诉她。

他下楼到酒吧，告诉沙恩他有事要做，一两小时内不会去柜台和他一起干活。然后他回到沙发椅上，再次靠在椅背上闭起眼。

他想，因为他开着一家酒吧，他对人性有所了解。每天晚上他在柜台后打量着那些完全明白自己应该回家或者不该再喝的人。他看着他们做无意义的事，听不进争论和讲理。

他对此早已习惯，几乎不会多想。他和沙恩，甚至安迪，都为他们能够对付这些人而感到自豪，他们也骄傲于自己从不在工作时间饮酒。

然而，此刻在他的计划中，吉姆觉悟到自己正是那样一个极度糟糕的客人，明知不可为，却一意孤行，不顾会招致多少麻烦。

他也听惯了别人自我吹嘘，像大佬似的说他们有多少钱，将与哪个姑娘订婚，或者有个在英国发了财的儿子。他习惯地微笑，点头。他们说的大多是幻觉。吉姆寻思着自己是否也一时冲动——不因为酒精作用，而因为他与南希的冒进计划——而沉醉在幻觉中，以为艾丽丝会要他跟她去纽约，和她一起生活。

他对此有何证据？他能证明她去蒙特罗斯酒店见他不是一时兴起，或是为了完成多年前的夙愿？但一想到这也许对她没有意义，他就说服自己这不是真的。他凭酒店中发生的事确信，她不会像上次那样从他身边消失。

但如果到了那一刻，她得在两者之间做出选择，一边是她的孩子们的父亲，一边是一个已经订婚并打算摧毁另一个女人的人生的男人——那个女人还是她老友，她会何去何从？他发现，绝不能让艾丽丝猜到南希的事。

他还是在做梦，他决定要停下来。他爱南希，南希也爱他。当他环顾房间，很容易想象他俩计划好的生活。为何他要毁灭这个呢？艾丽丝也没再联系。她不知道他多么迫切地需要她给他一个信号。

他此生从未想过自己和杰勒德会有刚才那一幕，杰勒德全心全意地信任他，他却心知自己准备离开南希，不再见她和杰勒德。最奇怪的是，他对杰勒德说的每一个字都是认真的，或者在当时是认真的。

客人真的喝醉后，常有短暂清醒的时刻，能站得笔直，不再念念有词，但接着变本加厉地回到醉酒状态。吉姆觉得自己与南希和杰勒德谈话时，就到了那个清醒的状态。但他很快会再次动摇，嘴里念念有词，喊着再来一杯。

如果艾丽丝和他在美国过不下去呢？在沉寂了将近二十五年

后，他们只见了三次面。如果她的孩子们不喜欢他呢？他是来美国与他们的母亲生活的，并将改变他们的生活，他们怎会喜欢他？

他背叛南希后，将如何生活下去？他将如何冷冷地告知她，他不愿和她在一起？这是天平的一边。而在另一边有一个更显著更急迫的问题：他怎能放弃这次和艾丽丝在一起的机会？只要她给他任何暗示，暗示她想和他在一起，他便会像那个站在吧台旁的人，明知不该再喝，却硬着头皮痛下决心，把最后一英镑纸币拍在柜台上。

"你和杰勒德谈过话后，他就不一样了，"南希说，"他答应在星期六晚上工作，哪怕他的朋友要去怀特谷仓。"

他们在吉姆的起居室里深夜小酌。

"杰勒德应该每周末休息一晚，"吉姆说，"让他什么都错过也不好。"

"哦，他不能在星期六晚上休息。那晚不只是最忙的，而且你得有人管事。"

吉姆差点想告诉她，他自己在星期六晚上照看酒吧时，大多数朋友都在舞会上。

"你在想什么？"她问。

"在星期六晚上工作很难。我一直觉得这事很难。"

"我从没听你诉过苦。"

他耸耸肩。

"也许我们应该让你不时在星期六休息。"她说。

他为他俩又斟了一杯酒。

"你看了这周的《回声报》吗?"

"我从来不看。如果有当地新闻,客人一定会告诉我。"

"卢卡斯公园又有一处地基出售。它有规划方案许可。"

"你是说建房子?"

"是的。"

"你以前提过。"

"不,那是另一处。它在一个谷地里。我觉得它会潮湿。而这处是在高地。"

"你实地看过了吗?"

"我曾开车经过那儿。"

他意识到南希考虑成熟后才告诉他。她之前提出在意大利结婚也是如此。如果他想阻止她做出买地的方案,那么现在就得阻止。但南希说起他们共同的未来时,是那么笃定,振奋。她丝毫没发觉吉姆的心思一再游向艾丽丝,他一心念着她在何处,此刻在想什么。

"你知道,"南希说,"关于我们要建什么样的平房,我已经做好了方案。我已经计划一阵子了。"

他发现,她生活在未来。她的生活由计划组成。她的好心情依赖于一年后、两年后的生活将会如何。他也生活在未来。他梦想着在某个美国郊区,下班回来,推开大门,打开前门,看到艾丽丝在那儿。也许天气好时,他们能一起去散步。他看到她第一次从美国返乡时，与母亲一起参加弥撒的样子。他看到她在古虚沙滩上朝他走来的样子。他看到她在蒙特罗斯酒店的房间里，在灯光下的样子。

"你累了吗？"南希问他。

他点点头，笑了笑。

杰勒德似乎开始奉行吉姆说的每一句话。对吉姆即将与他母亲结婚并且她将搬离集市广场的房子这事，他似乎毫无意见。但更重要的是，在与母亲争吵后，杰勒德像是渴望得到指导。如果吉姆告诉他，他得每天晚上工作，杰勒德也许也会默默接受。他想，这是镇上大多数人家每天都在发生的事。这是沙恩回家后做的事。他和孩子们谈天。他关心他们的需求。他们听他说话。

可是沙恩自从孩子们出生以来就照顾他们了。吉姆可以尽情指点杰勒德，但成不了他的父亲。杰勒德在夜间啼哭时，他从不曾起床。杰勒德学习走路时，他不在那儿。他觉得自己有时为此感到遗憾。

杰勒德得知自己将接管母亲的生意后，举止就有所不同。他在吧台椅上坐下来，朝吉姆和沙恩点点头，那生硬、正经的样子，仿佛辛勤工作了一天，刚从银行或办公室下班回来。他好像双肩扛着重担。沙恩问吉姆，杰勒德是怎么回事。吉姆很想把这事告诉沙恩，但还是谨慎地忍住了。

在某个不太遥远的夜晚，南希会对他说，终于是时候宣布订婚了。她已经有了计划。她会先告诉她的女儿们，然后告诉她妹妹,接着吉姆告诉沙恩和科莉特。他们会去科尔商店或德尔莫特·洛克商店,吉姆会为她买戒指。从那一刻起,事情就公开了。

当南希做好准备宣布消息,吉姆就想不出拖延的理由了。有时他能告诉自己,此事掌握在艾丽丝的手中。如果她说好,他会跟她走。如果她说不,他会按原计划行事。他担心的是她会闪烁其词。她没有理由认为他急于明确她的心意。她大可告诉他,他们应该等等再看,她回美国后会与他保持联系。但那样就不够好了。

星期六,在酒吧里,吉姆问沙恩,"那个高个子、黑头发的小伙子是谁?他来过几次了。"

"那是个美国人。他叫拉里。是艾丽丝·莱西的儿子。"

吉姆与小伙子四目相对。他从安迪周围的人群里走过来与吉姆握手。

"嗨,吉米,"他笑着说,"我是莱西太太的外孙。我是从长岛来的。法院街的莱西太太。"

吉姆勉强一笑。他转过身时,发现沙恩注意到他情绪低落。他为之恼怒。但他控制不住自己。这男孩的笑容与他母亲一模一样。吉姆没和沙恩说话,快步走向通往他居室的那扇门,上了楼。

如果他需要证据,这就是艾丽丝有另一种生活的证据,她确实嫁给了另一个人,无论吉姆和她如何决定,他们不会有孩子,无论与艾丽丝还是与南希的时机都早已过去。他任岁月蹉跎,但艾丽丝没有,南希也没有。

他走进浴室，看着镜子中自己的脸。他希望拉里去的是别的酒吧。让艾丽丝来描述他将会容易得多。他想象着艾丽丝和他在酒店过夜后，把这个男孩和他的姐姐从机场接到恩尼斯科西。他很高兴曾与她共度那段时光。至少他还有这段回忆，如果不会再有其他。

次日傍晚科莉特过来时，他确定是沙恩让她来的。他听到了她从门廊传来的声音。

"我能上来一会儿吗？"

如果她是在吧台找到他，他会说他忙得无暇聊天。但也许正是如此，她才没有早些过来。

她与沙恩什么都没错过。那天他为在蒙特罗斯酒店见艾丽丝而请了一天假，以及同一天下午南希去酒吧找他，不会不被注意到。但他相信，他们虽然擅长推敲，但还没把发生的一切都拼凑起来。

科莉特走进房间时，他庆幸她和沙恩还一无所知。相较于他，他们旁观者清。他不想听科莉特的建议。

"有什么事发生了，吉姆。"科莉特说。

"这是沙恩说的？"

"如果你有事想跟我说，又不想我告诉沙恩，那么你可以完全信任我。"

"我知道。"

"我们只希望你不会不开心。"

"我知道,但这不容易,不是吗?"

"也可以容易。"

他想,他得十分谨慎。不能让任何人知道艾丽丝的事。如果他要娶南希并和她安定下来,就不能让科莉特或其他人得知他随时都能跟艾丽丝走。

"我们能在一周后再谈吗?"他问。

"到时你会有新闻吗?"

"也许。"

她笑了。

"是我想的那个人吗?"

"现在你走吧!我了解你。你就是想打探消息。"

当晚他正要上床睡觉,电话铃响。他拎起话筒,听到那头一片沉寂,他猜想电话亭里那位没有按 A 键。

"按 A 键。"他说。

可是那头没声音。他等着,仔细听着。那个打电话的人也在等着。然后电话挂断了。当时是凌晨一点钟。南希不会打付费电话。

但艾丽丝可以从她母亲家中溜出来。也许是艾丽丝想和他通话。或许她的按键有问题。或许电话机坏了。又或许她听到他的声音后犹豫了。他只说了"你好"和"按 A 键"。他相信自己的声音并没有不友好。但如果电话再次响起,他会用更温柔的语气说话。

他坐守电话机，希望它再次响起。他闭上眼，集中心念，握紧拳头。但什么都没发生。他想到她站在电话亭里，不知是否应该鼓起更多的勇气再拨一次电话。只要她打电话，答应来到他身边，他什么都愿意。

他等了许久之后，拿起外套，检查了口袋里的钥匙，便出发去帕内尔大街的电话亭。他知道不太可能会在那儿找到她，但至少他会看到电话亭，至少他不会因为没有出来找她而后悔。

法院街上空无一人。他悄悄地从她家门口经过，确信此刻她正在里面睡觉，那个电话是打错了的。他来到约翰街一头，犹豫了一下。只要再走几步，他就能看到那个电话亭。不，她不可能在那儿。他望过去时，他是对的。电话亭是空的。

第六部

一

"这个月你一定挺清闲的。"南希说。

"有趣的是,如果你是卖地的,八月正是忙月。"

奥利弗·罗西特从韦克斯福德开车来接南希,带她去看卢卡斯公园的宅地。

"地基在阳光下看起来更好,"他又说,"可惜今天是阴天。"

过了圣约翰庄园,他们在一块"出售"牌子前停下来,旁边是一扇生锈的农场大门。路很窄,南希担心奥利弗能否安全在此停车。

"我们希望一切顺利,"他说,"不会看很久。那里真没多少东西可看。只有地基。现在更像是一块田野,但它有规划方案许可,能建一栋平房。"

南希想,这块地在阳光下会更有吸引力。但此刻在灰暗的天空下,它只是一小块被浅水沟围起来的田野。建一条通往马路的车道不会太费力。吉姆也许知道应该铺砂石路还是柏油路。

她想象着建好的平房,屋顶铺的是瓦片,窗子是横向的,还有刚粉刷的地方很快会因潮湿而生出霉斑。她绕着地基步行时,它看着不像能建任何房子。

"你真的应该和景观园艺师谈谈,"奥利弗说,"在班克洛迪有个很好的德国女园艺师。那样的人可以让这块地脱胎换骨。"

南希知道如果吉姆来看这块地,他会说什么。她想,在她所做的计划中,不应有任何看似冲动或欠考虑的决定。

"我得考虑一下。"

"是价格的问题吗?我可以和他们谈谈。"

"它可能太靠近马路了。"

"你想要远离马路的?"

"我曾以为我想要靠近马路的,但现在我不确定了。"

"相反,"他们朝大门走回去时,奥利弗说,"没人喜欢住在很长的小路里面。我在这附近有个宅地,挂在市场上好久了。它就是在一条小路里面。我们在考虑把它交回。我讨厌房产卖不出去,但它只能那样。"

"它在哪?"

"就在这条河下游,巴利霍格村附近。"

"我能去看看吗?"

回到车中,南希担心奥利弗也许开始觉得她在浪费他的时间。她联系上他是因为他在韦克斯福德做生意,而她不愿去找恩尼斯科西的中介,他们只会对她的计划过度好奇。他已带她看了几处地基,并答应她不会把她的身份泄露给卖主。起初她很明确自己想要什么。她觉得他心里一定在对她嘀咕不已。

"我说过,这个宅地,我会带一个有希望的客人去看最后一次,而这就是最后一次。我提醒过你了对吧?它在一条小路里面。"

他转头笑了笑。

乔治过世后,生意开始冷清,但南希继续在星期五傍晚去恩尼斯科西周边的乡村送货。她记得,那是她的人生低谷,她面临即将无法付款给供应商的处境,米里亚姆和劳拉慢慢意识到她什么都没储备,没钱,没精力,没计划。有几次她回家时,发现两个女儿和杰勒德吵过架,杰勒德哭过了。

奥利弗从沿河路驶上一条狭窄的陡坡。

"我知道这条路,"她说,"我来这儿送过货。有个叫麦格斯·奥康纳的女人和她的牧羊犬住在这儿。"

"她目前住在郡县之家①。卖地基的就是她。她这一步能免除后顾之忧。"

"我一直觉得麦格斯人非常好。我当时停止送货后,感到很抱歉。"

"她有个侄女拿到了完全规划许可,打算在这儿建一栋平房,但后来她改变了主意。"

相较于南希以前开车来时,这条路现在更为颠簸,荒草丛生。这块地很大,有河景。驶过窄路之后,景象开敞明亮。

"可要怎么建房?"她问,"这是在斜坡上。"

"我想他们曾打算把地整平。如果你能找来一部挖掘机,一天就能完工。这里的泥土松软。没有大石头什么的。"

"你很会推销。"

---

① 爱尔兰的一种救济机构,接纳穷人、老人和生活不便的人。

"不，我是说真的。只要你能清理一下沟渠另一侧的灌木，河景就更好了。麦格斯说那里以前有一条小径。现在那条小径或许还在。"

"麦格斯开价多少？"

"一万五。"

"什么？"她问，"她疯了吗？"

"可以说她疯了。但只要你不介意那条小路，这是个很棒的宅地。真的。"

"你能想象冬天河上的风吗？"她问，"没有什么风能胜过河上刮来的风。我不记得是谁说过这句话。"

"这地方太偏僻了。"他说。

"麦格斯脑筋还正常吗？"南希问。

"不幸的是，她正常。"

"你能告诉她这个价格高了一倍吗？"

"她知道的。"

"你能告诉她有人想买，但价格得合适？"

"她首先会问你的名字。"

"你可以告诉她我的名字。每次我给她送货，她都说谢里登夫妇是好人。告诉她，我还是和以前一样好。"

"我得提醒你，她喜欢没事找事，想要有人去找她。有块地出售，她就有事干。"

"你是说她不是真心想卖地？"

"我想她已经耗尽了恩尼斯科西的中介的耐心。我得说，她也耗尽了我的耐心。"

数日后,奥利弗打电话给她。
"我早知会如此,果然如此。她想见你。"
"她具体说了什么?"
"她让你今天天黑前去见她,否则就把地卖给别人。"
"她想起我的名字了吗?"
"谁是谁,她清楚得很。"
四点钟,按照约定,南希来到郡县之家大门口。她注意到一块"太平间"的牌子十分显眼,仿佛大多数人都得找这栋楼。

她在大厅里遇到一个修女,便说自己来找麦格斯·奥康纳女士。

"麦格斯·奥康纳,麦格斯·奥康纳,"修女说,"我整天听到这个名字。"

麦格斯·奥康纳正坐在休息室门口附近的一把旧扶手椅上,她的体形似乎变大了。

"南希,你来了,"她说,"像个讨人嫌的。我对奥利弗说,不可能是南希·谢里登。她要小路里头的宅地干吗?她又哪来的钱?"

"我们都有各自的秘密,麦格斯。"

"你知道,我记得你嫁给乔治时,老谢里登太太对别人说,她觉得他可以娶个更好的。但每个人都知道这点,南希。大家都知道你很幸运。"

"或许乔治才是那个幸运的。"

"那也对。好了,你为什么要买宅地?"

"这事我不想告诉别人。"

"你哪来的钱?开薯条店赚的?我听说你女儿嫁到了克朗罗什村那边的沃丁家。这块地是为他们买的?"

"麦格斯,你气色很好,过得很舒坦。"

"我一会儿就累了,忘了自己问过什么。告诉我,南希,你买宅地干什么?"

"我想要一个更优惠的价格。"

"我听说了。奥利弗告诉过我。有意思的是,你去找了韦克斯福德的人,而不是当地人。那么是为谁买的?你为别人买的吗?"

"不是。"

"哦,如果你不说,我不会知道。我猜不出。老了。"

"这地卖得太贵了。"

"谁买?"

"我。"

"这事背后还有其他人。"

"我要和拉夫特街的吉姆·法雷尔结婚,我们打算去那儿生活。"

南希不敢相信自己竟然说了出来。她看到麦格斯思索了一番。

"这件事保密?"

"是的。"

"好吧,我不会说出去。吉姆不是多年前跟一个去了美国的姑娘谈过？艾丽丝·莱西？"

"是的。"

"我听说她回来了。"

"是的。"

"那么你最好赶紧跟他结婚。"

麦格斯环顾房间，然后在包里摸索了一会儿。

"我经常忘记自己在哪。"

"这地卖得太贵了。"

"你说的那个男人很有钱吗？"

"不，他不是。"

"噢，整个镇子都在那家酒吧喝酒。好了，他最好自己来见我，而不是派你来。"

"你得跟我谈这事，麦格斯。"

"他不知道这个宅地的事？"

"等我拿到合适的价格，他就会知道了。"

"你的生意做得不容易。邓恩超市抢走了你所有的顾客，一个接一个的。我听说薯条店到了深夜，你就够瞧的，镇上每个神仙都在等一袋炸薯条。你一袋卖多少钱？"

"我是来为宅地要一个合理的开价的。"

"哦，奥利弗会处理那些事。让他来见我。"

数日后南希打电话给奥利弗时，地基的价格已经对折了。

"你显然折服了她。"

"她太好管闲事了。"

"别的买主也这么说,但她没有为他们降价。"

南希差点想立刻去酒吧找吉姆,转念一想觉得最好还是给他打电话,但他白天在电话上时常语气生硬,犹如谈公事。后来等到酒吧打烊,他到了楼上,她才打电话。她对他说了地基的事。

"等等。那是在巴利霍格村附近?"

"没那么远。是在埃德迈恩那边。"

"比麦克迈恩还远?"

"没那么远。"

"在一条小路里面?"

"是的,在小路里面。"

"我们为什么要住在那里?"

她能想象他啜了一口酒。他语气平静,似乎觉得好笑。

"等你看到那块地,就明白我的意思了。"

她给了他准确的方位,约好次日下午在地基见面。

南希赶在吉姆之前到了那儿。她笑着想到当天早晨她醒来后就开始祈祷,如有必要就去教堂,跪下来祈求一个阳光灿烂的好天气,等吉姆到了地基,哪怕只是最初五分钟有阳光也好。

整个早晨,河面飘着一层夏季的薄雾,而后渐渐被蒸融。在她等待之时,空气变得澄澈。

她想象着一间窗户能看到河景的长屋,它将会是厨房和用餐区。她想要他们的卧室朝东,如此晨光便会进入房间。也许会装上厚实的窗帘,不让阳光过早把他们唤醒。在她继续做规划之前,她会联系那个班克洛迪的德国女子,她能在园艺方面提出建议。她也需要劳拉帮她做室内装修,但得当心不能让劳拉对她指手画脚。

她寻思着会不会有那么一个时刻,吉姆会说不。当他停好车,从车里出来,警惕地查看四周时,她自问这个时刻是否已经到来。

"我开车经过某个废弃的农房,"他说,"我以为我开错了路。"

"是的,你可能错过了那个拐弯。"

当他巡视地基时,她紧随其后,决定不发一言。淡淡的阳光穿透薄雾。

"这片乡村没人知道,"他说,"非常偏僻。"

"我以前来这儿送货时也这么想过。"

"他们觉得那边有条可行驶的小径通往河边?"

她注意到他没有说他不想要这块地。

她心想自己是如何忍受这个镇子的,她出生在艾丹别墅区的联排房子里,后来搬到约翰街的小房子,再然后是乔治在集市广场的房子。都是四面合围的,人多眼杂的地方。

"你怎么了?"吉姆问她。

"我在想这片河景。"

"奇怪,这条河悄无声息。"他说。

她倾听着。没有声响,连鸟鸣都没有。她想问吉姆他是否喜欢这儿,但他已经走开了,他朝最远处的沟渠走去,似乎沉浸在自己的心思里。

之后几天,她每天下午都独自开车来宅地。天气闷热,隐隐有雷声。沟渠里的杂草长势茂盛。

她所做的只是从地基的一头走到另一头。她在纸上算出了长方形房间的大小:长二十五英尺,宽十五英尺①。她寻找安置这间房间的最佳地点。她想,房子应该以这个长方形房间为中心而建。只要她能把长方形房间设计好,其他部分也能就位。

晚间她与吉姆见面时,每当她说起房间、景观和尺寸,他总是话很少。她好几次发现他眺望远处,仿佛没有听进去。于是她尽量不谈过多的细节。船到桥头自然直。她会一点点地让他知道她的想法。但她已经等不及要离开镇子。

她不会怀念集市广场的房子。虽然店铺上面的房间宽敞明亮,不潮湿,屋顶也不错,但当她回想起在一栋没有花园的房子里晾晒尿布,还有在炎热的夏日午后逗孩子们玩时,毫无乐趣可言。

她也记得永远与这房子相连的痛苦。她想起米里亚姆和劳拉发现她在门口拿着一堆乔治的衣服,准备送到韦克斯福德的店里去。她们指责她背着她们扔掉他的衣服,尽管她告诉她们,她这么做正是不想伤害她们的感情,她们仍然生她的气。

"那么你们俩为什么不干?"她问道,"还剩下半个衣柜的衣服,还有他所有的鞋子。你们俩去干啊!"

她朝湖面望去,想着构成镇子的水泥和石头,那些坚硬的表

---

① 分别合7.62米和4.57米。

面、锐利的转角。这是她所了解的一切。她笑着想到自己曾全心投入开一家炸鱼和薯条店,如今将以同样的热忱建设一个花园。然后她转身眺望西边的天空,发觉应该在房子的这一侧再安装一面大窗,那么当一天结束时,她能透过窗子观赏天光。

二

"我不管今晚你们去哪或者干什么，"莱西太太说，"只要所有人都参加明天十二点钟的弥撒。我们会在十一点二十五分一起出门。"

"你坐我们的车去不好吗？"杰克问。

"我有可爱的孙子外孙在这儿，两个英国的，一个美国的，还有一个可爱的外孙女。如果我需要，他们会搀扶我。"

艾丽丝扫视餐桌，桌子的折面打开了，新来的人也能坐下。杰克和帕特开着杰克的车从菲什加德渡海过来，同行的还有杰克的儿子多米尼克、帕特的儿子艾丹。

她的两个在英国生活的哥哥年龄相近。他们以前很像，但现在她发现他俩天差地别。杰克穿着昂贵的西装。他环顾餐桌，面带微笑。他的胡子刮得很干净，银发梳得整整齐齐。帕特正相反，他需要理发、剃须。他笑得局促不安。他从桌边站起来时似乎忍着痛。他的鞋带已经破旧。

艾丽丝知道帕特在一家仓库工作。他有五个孩子。艾丹是最大的。马丁告诉她，他们商量好，兄弟俩都带各自的长子来为他们母亲的八十岁祝寿。

"杰克怎么赚了这么多钱？"她曾问过马丁。

"他能看到别人看不到的东西,"马丁说,"他看到了可靠的工会的价值。如果你想要一段高速公路按时建成,你会去找杰克。你会花更多的钱,但他能够按期交货。工会的头头在他那边。有些人说这是爱尔兰人的特性,但其实不是。"

艾丽丝从未听马丁讲过这么多话,还讲得头头是道。此刻她注意到,只要弟弟们在场,马丁就活泼起来,但她也发现如果马丁想要得到杰克的关注,杰克就会走开。帕特则几乎不说话。

拉里向她抱怨他的表兄们。

"他们不停地聊足球,但聊的是英国足球。我从来没听说过他们的俱乐部。他们从来不看板棍球赛。"

"或许你可以把他们介绍给你的朋友。"艾丽丝说。

"我以为他们会像爱尔兰人,但他们不是。"

"你和他们聊什么呢?"

"我没有机会说话。"

他模仿了他们的英国口音,把艾丽丝逗笑了。

杰克和帕特带着各自的儿子住在主街一头的墨菲·弗拉德酒店。艾丽丝看着马丁在找一家他们能去消磨一夜的酒吧。

"我讨厌所有'你回家会待很久吗?'的话题,"杰克说,"我也不想见到老相识。"

"可是有些人盼着见你。"马丁说。

"他们怎么知道我回家了?"

"当然,大家什么都知道的。"

"哦,我要避开的就是这个。"

"我们可能会去拉金的酒吧,"帕特说,"然后去斯坦普,接着去吉姆·法雷尔那边瞧瞧,最后去墨菲·弗拉德。"

"幸好他们的妻子没来,"等儿子和孙子、外孙都出去后,莱西太太说,"至少我们能为此感谢上帝。"

"为什么呢,外婆?"罗塞拉问。

"因为他们自己去酒吧,把她们留在这里,我们就得和她们聊一晚上。我不是很介意贝蒂,她是英国人,但艾琳让我头大。她摆出一副英国腔调,如果你不介意我这么说,她是西爱尔兰人。杰克是在舞会上认识她的。"

"这有什么不对吗?"艾丽丝问。

"哦,在我那个时代,你可以在舞会上约已经认识的人。但你不能约陌生人,或至少我不会这么做。你或许可以和他跳一支舞,但接着就得回到自己的队伍里去。"

"我就是这样认识托尼的,在舞会上。"艾丽丝说。

"是的,但那是在美国。"

早晨,他们在法院街聚集后,一起出发去教堂。

"不许乱跑,不许抽烟,"莱西太太一边检查前门是否关好,一边嘱咐大家,"我要罗塞拉走在我这一边,多米尼克走在我另一边。其他人可以跟在后面。拉里,你能系好衬衫最上面的扣子,把领带拉直吗?要像个正派人。"

艾丽丝发现男人们熬夜了,而且都闷闷不乐。她想打听他们遇到了谁,去了哪些酒吧,但他们只是耸肩,叹气。

她母亲缓缓地往前走。她一身浅绿色的套装、丝绸衬衫，脚上是一双黑色的好皮鞋，头戴一顶时髦的灰礼帽。

在威弗街的拐角，来了一个男人，他昨晚曾与杰克、帕特、马丁一起喝酒。

"噢，太太，"他对莱西太太说，"您应该看看昨晚吉姆·法雷尔酒吧里的场面，三个聪明男人和他们的三个聪明儿子都回家来为您祝寿。"

拉里瞅瞅艾丽丝，似乎在说她应该纠正此人，他不是马丁的儿子。

他们早早地抵达教堂，在圣坛附近找了好位置。帕特出去抽烟，其他几个不耐烦地东张西望，但她母亲和罗塞拉注视着前方，神情庄重而冷淡。

艾丽丝不知吉姆通常来参加的是十一点钟还是十二点钟的弥撒。他们从主街上慢慢走来时，她突然想到，他们很可能遇见他。或许他会来到教堂，在后排找个位置，男人孤身一人时通常如此。等到圣餐礼开始，他会看到他们，因为他昨晚在自家酒吧里见过那几个兄弟和男孩。

艾丽丝知道她应该按约定给吉姆打电话，但有许多问题她回答不上来。如果吉姆真要去美国，他何时去？她不久后将返回，到时她将住在何处？如果她带着孩子们抵达机场，她将对托尼说什么？如果她晚几天抵达，她能去哪儿？她会让托尼去接她、带她回家吗？努力让生活回归正常，但不包括让一个新生儿到来，

第六部 | 255

也不包括吉姆·法雷尔可能会出现?

她回去后可以用弗兰克给她的剩余的钱,找一个临时住宿。但她何时见孩子们?在何种情况下见?

他们不该和托尼的家人住得那么近。这是第一个错误。如果他们自己的房子与其他人离得远远的,她就能让托尼离开。也许她仍然可以这么做,虽然他会直接搬进父母家,她会每天看到他。但罗塞拉和拉里也能见到他,这倒是个好处。

她将如何对罗塞拉和拉里开口,说吉姆·法雷尔也许会随她去美国,说尽管过去这么多年,她还是想和他在一起?

帕特赶在神父登上布道坛前回来了。

"外婆说这位是沃尔什神父,"罗塞拉小声说,"是她最喜欢的。"

艾丽丝想,母亲一定每个星期天都独自来这儿。她和许多其他寡妇一样,每次来都坐在同一排,或是早早地去领圣餐,或是留到最后,避开急于出门的拥挤人群。

弥撒开始时,艾丽丝想,罗塞拉在福坦莫大学入学时会需要帮助。她也需要新衣服。艾丽丝会陪她去办理住宿。托尼也会想去,而罗塞拉也会需要他去。艾丽丝会在开头几周与罗塞拉保持联系,如果罗塞拉回家度周末,她也会在。拉里在学校里不专心。如果艾丽丝不注意,她确定他会在罗塞拉离开期间找借口少做作业。

她向自己承诺,要帮助拉里学习数学、英语,也许还有其他几门功课。每晚坐在他身边一起做家庭作业。达凯西安先生对她说过,他就是这么陪埃里克的。

"埃里克不介意吗?"她曾问道。

"介意?他都疯了。但我没有放弃。他发现我懂得比他少,他就高兴,虽然我只是在演戏。他以为我是白痴。我们的关系从没这么好过。我真希望我自己的爸爸这么做过。"

她离开这么久,得给予达凯西安先生补偿。工作一定积压了一堆了。

艾丽丝醒悟到,只要她不再思考自己的事,不再想她需要什么,那么一切都会顺利,至少在之后数月会是如此。她会考虑罗塞拉和她的需求,还有拉里,以及她在达凯西安先生那里的工作。她会把心思放在这三件事上。只要那婴儿不被抱进她的房子,她就不去想。她会对托尼客客气气,尽量与他相处,因为这是孩子们希望的。

她突然间变得为他人考虑,只关心他人利益,然而就在不久前,同一个人在酒店里与吉姆·法雷尔共度一夜,想到此处,她莞尔一笑。

她将对吉姆说什么?大可说她需要更多时间。他将如何回应?他在酒店中曾说他必须知道,似乎此事颇为紧迫。他去纽约,甚至去长岛,这事想来困难重重。也许在未来数月中她会有更好的主意,知道他们能怎么做。

她得让他等待。她想着明年夏天再回恩尼斯科西,但她没有钱支付旅途费用。何况也许还会有同样的不确定。

她得做决断。既然她不想吉姆现在去美国和她一起生活,那

第六部 | 257

么就得把话告诉他。她会安排一次和他的见面。这很难。然后她会改签机票，如果可以，就和罗塞拉、拉里坐同一班航班回去。

圣餐礼排队开始时，艾丽丝朝母亲看去，母亲表示再等等。队伍缩短时，她发现母亲朝这排座位末尾的杰克打了个手势。他站起来，接着全家从通道走向圣坛，艾丽丝的母亲身边一左一右是罗塞拉和多米尼克。艾丽丝发现，关键不是排队等待，也不是跪在圣坛围栏下领圣饼，而是转身走回来时，一大群人都看着他们——莱西太太，她的儿子、女儿、孙辈都回来为她贺八十大寿。艾丽丝明白过来，她母亲早就计划好了这一时刻，她知道要何时进入通道，要旁若无人地走回自己的座位。

后来，当其他人都在后屋，男人们又准备出去时，罗塞拉在厨房找到她，说要一起去楼上。

"拉里说这房子是属于杰克的，还有马丁在古虚的房子、帕特在博尔顿的房子也都归他所有。"

"拉里怎么知道？"

"杰克告诉他的。"

"拉里也把所有事都告诉了杰克？"

"我管不着拉里说了什么。"

次日是母亲生日前一天，早晨，杰克单独找了艾丽丝。他严肃地关了房门。艾丽丝以为他想说为了母亲健康着想，房子里不该有这么多楼梯。

"我有点担心你，"他说，"想谈一谈这件事。"

"你一直带着拉里去酒吧。"

"我以为你的丈夫和他的兄弟们生意做得不错,我以为在长岛一切都好。"

"好到足够让你去做客?我一直希望你能来。"

"将来我会去的。我时常想,如果我去的不是伯明翰,而是美国,那将会如何。我也许会开一家街角小店。"

"我想你会比现在更有钱。"

"拉里说你要离开他的父亲。"

"我相信这不是他的原话。"

"如果你愿意接受,我会帮助你。比如,我能为你买一栋属于你的房子。这能让你独立。"

"就像你为其他人所做的那样?"

"我仍然拥有帕特的房子、马丁的房子,只因我不想给他们机会卖掉房子。我给你的没有附加条件。"

"你要为我买房?你是说真的?"

"我不开空头支票。"

"你说话像是在做生意!"

"你为何不直接答应?"

"你很大方。"

"你答应了吗?"

"我有点吃惊。但如果我有自己的房子,情况就会不同。"

"很好。我很高兴家里有个爽快人。我花了不少时间才让妈妈答应把房子卖给我。但你大概知道此事。"

"我几乎不知道。她极少回我的信。"

"但你也不常写信,是吗?"

"我每个月寄一封信。我从不遗忘。"

"也许她没收到?"

"她当然收到了!她有我寄来的所有相片。"

"有时候不知道她是怎么想的。但无论如何,这是我给你的。只要说一个时间,我们就着手去做。拉里已经跟我讲了价格和产权问题,该知道的我都知道了。"

"拉里才十六岁。"

"他很聪明。我想不通他这点是从哪来的,也许是从那些意大利人那儿来的。"

"我不想,"莱西太太说,"那些人一个个到家门口来观赏我,好像这是我的守灵夜。"

"我会看着门的。"杰克说。

早晨,有几个邻居来祝莱西太太生日快乐。他们聊着镇上的事,这个夏季天气如何。艾丽丝站在门廊里,听到他们想从她母亲口中打探出她会待多久。

"我以为她只来待上一两个星期。"有人说。

"整个夏天,"另一人说,"她可真幸运,能离开这么久?"

"车子租了这么久。一定很花钱。"

"这就是美国做派。我听到收音机上有人这么说。美元说了算。"

下午来了更多的人,杰克说最好挡住这些来贺寿的,但他母亲反对。

"你会把我最好的朋友赶跑。"

"谁是您最好的朋友,外婆?"拉里问。

"哦,拉里,这是一个不能说的故事。"

快到六点时,南希·谢里登来祝莱西太太生日快乐。艾丽丝想,她今天特别友好。

"外面的车是你的?"她问,"我得说租这样一辆车很花钱。"

艾丽丝后悔没把车停到另一个地方。

"我租得很便宜。"她说。

后屋里人很多,南希跟艾丽丝去厨房好好聊聊。

"今天是大家的高兴日子,"南希说,"拉里一直在告诉我你们是怎么准备的。他和杰勒德交了朋友,太好了。星期天我在教堂里看到了你们所有人,真是一幅美好的画面。见到下一代真好。但可惜他们不会认识你的父亲和罗丝。我对米里亚姆的丈夫有同样的感受。真希望他能认识乔治。"

这会儿艾丽丝希望她回到了林登赫斯特,在她自己的起居室里读着报纸,房子里没人。

"美国一定很美好,"南希说,"也许不全都美好,但纽约是的。前年夏季劳拉在缅因州工作过,我当时很担心那边的犯罪情况,但她说缅因州没有犯罪。"

"是的,"艾丽丝说,"缅因州很太平。"

"好笑的是,她去那里之前从不看牡蛎一眼。我们这儿不吃这个。她整个夏季都在撬牡蛎壳。但她收入丰厚。特别是小费。"

"劳拉在婚礼上很可爱。"

"什么时候能去美国就好了。我们可能明年或后年去旅行。"

"你和劳拉去?"

南希迟疑了一下。

"我不知道我会和谁去。"

"哦,很欢迎你来,我们会很高兴见到你。"

生日过后,杰克、帕特带着他们的儿子回家,其他人继续过着各自的生活,罗塞拉每天上午和外婆去商店,拉里去见朋友,去酒吧,艾丽丝每天下午开车载着母亲和女儿去附近的村镇。

艾丽丝感觉罗塞拉正在观察她,寻找某种迹象,而艾丽丝等待着,她打算联系吉姆,说她要带孩子们回去,但她一天天地拖延下去。

每天清晨,一线阳光进入艾丽丝的卧室,从她的床上划过,而她醒着躺在那里。听到邮差的声音,她就知道到八点了。

一天,她听到门口递进来邮件,她起床去查看。是一个贴了很多邮票的大信封,上面用大写字母写了很多遍"航空邮件"。收信人是罗塞拉,寄信人是弗兰切斯卡。

艾丽丝把信带进房间,关上门。她检查封条,发现只要小心地使用一把薄刃刀拆开黏住的封口,就能原样封好,不留下信封被拆过的痕迹。

她悄悄去了厨房，找到她需要的那种刀。她回到房间，拆开信封，没有撕破。

里面是一封信，还有一件捆在两片硬纸板中的东西。她解开捆扎带后看到那张照片，立刻放到一边。她打开信。

开头是，亲爱的罗塞拉。

我有好消息，相信你一定会高兴的。你的小妹妹在两天前出生了。她健康，快乐，漂亮。就在此刻，我得赶走你的所有亲戚，因为他们和我们一样，都想抱她。她名叫海伦·弗兰切斯卡，弗兰切斯卡是随她的祖母，你的祖母，海伦是随你祖父的母亲。你父亲爱她发了痴，你的祖父自从小海伦来了这个家，就笑得合不拢嘴。他已经开始和她说意大利语。我快速冲印了这张照片，因为我知道你想看到她。我告诉她，她有你这样的姐姐是多么幸运！（如果你得知我是用英语说的这句话，一定会高兴！）我希望你在爱尔兰过得很好。我们盼你回来，我们当然也包括小海伦·弗兰切斯卡。

这笔迹不是弗兰切斯卡的。是弗兰克的。想到他俩合作诱惑罗塞拉的场面，艾丽丝直想把信撕成两半。

她看着照片。婴儿被抱在某个人的怀里，一脸警觉。当艾丽丝更仔细地查看这张照片时，发现婴儿肚子上那只抱住她的手，正是托尼的。如果照片扩大到完整画面，就会出现托尼，他无疑正在笑着，正如拍照的人也在笑着，正如他母亲和弗兰克一定也是笑着写这封信的。她又瞧了瞧托尼的手。他的手是多么纤细！他在照片里的姿势是她所熟悉的，因为他以前常这样抱罗塞拉和拉里。如果她去后屋,就能找到一模一样坐姿,以相同方式抱着婴孩的照片。

她皱了皱眉,想到婚后这些年里,她早晨醒来,或时常在夜里,当她握住托尼的手,就从中找到慰藉。

她把照片、信封、信放进她的手提箱。

马丁在厨房里。

"你今天要回古虚吗?"她问他。

"不。我在这儿有事。贝勒菲尔德有一场友谊赛,拉里和我要去看。"

"你房子的钥匙能给我吗?"

"就在垫子下面。"

她发现帕内尔大街电话亭里卡在投币口的那枚硬币已经被拿走了。她拨了数次电话,吉姆才接。他一定在睡觉,但当她问他能否一小时后去古虚马丁的房子见,他听起来十分清醒。他说他会在那儿见她。

三

在小单人床上,艾丽丝在吉姆身边睡着。只要他一动,就会把她弄醒,于是他一动不动。他猜测现在一定快到上午十一点了。平日里他此刻已经穿好衣服,慢悠悠地准备开酒吧。

自从蒙特罗斯酒店之后,他就想着下次见面要直接问艾丽丝是否愿意和他在一起。

等她睡醒,会有时间来商量这些事。

两小时前,当她为他打开马丁房子的门,吉姆不敢问她是否已经做出决定,哪怕她小声说着多么高兴见到他。

他们一起去了悬崖边,俯瞰沙滩和平静的大海。直接询问未来的打算,会打破他们之间的轻松氛围。他让这段时间过去。后来他们一起回到房子里。

艾丽丝醒来笑了。

"你为什么让我睡着了?"

他抚摸她的脸,然后坐起来拿衬衫、长裤和内裤。

"这内裤要扔掉。"她说。

"它怎么了?"

"你都穿了多久了?"

"又是你的美国做派!"

早晨他在车道上把车停在她的车后时,天还是阴沉的。此刻云吹散了,太阳钻了出来,暖洋洋地照在身上。

他听到她在浴室里。她说要扔掉内裤,仿佛在暗示她在计划将来与他见面。但也许这话只是说笑。

在接下来的一两个小时内,必须说些什么来让他明确具体情况。南希可能会在最近某一天做出决定,是时候通知全镇她与吉姆订婚了。他们之前说好等到九月初,但她随时都会建议把日子提前。

"我在巴拉夫村停了一下,"艾丽丝说,"买了一些东西来下厨,算是早餐。"

"有什么呢?"

"煎蛋、西红柿、吐司。"

"我坐在这儿看海,你为我做早餐?"

"就是这样。"

他们吃完后,朝通往海滩的阶梯走去,艾丽丝带了一块浴巾。

"以前在夏末,海水是很美的,"她说,"不过也许那是我想象出来的。"

"我们从哪条路走?"他问。

他知道,如果朝南走,会在凯丁斯沙滩上遇到人,是来度假的人,但也许是从恩尼斯科西来一日游的,尤其现在太阳出来了。

"你在想什么?"

"如果我们朝诺克纳斯罗格镇走,就不会遇到人。"他说。

他们把鞋脱了,放在一堆石头旁。艾丽丝去试了试水温。

"不暖和,"她说,"也许上午时间还太早。"

几只水鸟贴着波涛低飞。

"但如果我们打起精神,飞快地下水,就会感觉很好。"她说。

"自从那次和你游过之后,我再也没下过海,就是和南希、乔治一起的那次。"吉姆说。

"这不可能。"

"我就是没再下过海。没什么原因。"

"连克拉克劳都没去游过?"

"我都不确定自己是否还会游泳。"

她利索地脱了衣服,泳衣早在房子里就穿上了。

"许多年前你就这么做过。当时我们觉得这很新式,不在沙滩的众目睽睽下换衣服。"

艾丽丝像是在冷冽的海水前退缩了。他看着她跳起来避开扑来的浪头。接着她游起来了。他拿着浴巾站在那儿,等她出水后就能让她立刻擦干身子。

在他们离家前一晚,杰克和帕特带着各自的儿子,还有马丁、拉里一起去了酒吧。吉姆觉得杰克比他的两个哥哥醉得更厉害。他来到吧台时,吉姆正独自在水槽边洗杯子。

"不知你是不是知道艾丽丝也回来了。"杰克说。

"星期天我在弥撒上看到你们所有人了,"吉姆说,"你母亲状态非常好。"

杰克凑了过来。

"我一直觉得你们俩当时没成,很可惜。"

吉姆耸耸肩。

"啊,好了,都是陈年旧事了。"

"我相信你还没能忘怀,我得说她也没有。"

"事情早就过去了,杰克。早就过去了。"

"哦,如果你还想试试,我会尽力帮忙。"

吉姆立刻明白自己什么都不该做,不该说。

"那么我已经批准你了,"杰克说,"还需要我说更多吗?"

吉姆朝他笑笑,仿佛他什么都没说。

"她还年轻,人生还长。"杰克又说。

吉姆走下吧台找到沙恩。

"今晚你能不能接待一下杰克·莱西和他的同伴,别让他靠近我?"

"一言为定。"

艾丽丝擦干身体时,吉姆查看是否有人从悬崖上张望。他们往北走,朝诺克纳斯罗格镇和莫里斯堡行去。

"你要问我吗?"她开口说。

"问什么?"

"我为何在今早给你打电话,而不是在别的早晨。"

"现在我问你了。"

"我收到家里来的消息,这让我明白我不想和托尼维持婚姻关系。但情况很复杂,我得让你知情。"

268　　长岛

他们沿着水边默默地走了一会儿,吉姆觉得他问得越少,了解得会越多。

"如果能改签机票,我将在下星期和孩子们坐同一班飞机回去。我得把他们安顿好。罗塞拉要上大学,拉里要回高中。我也得回去工作,尽快让一切恢复常态。"

吉姆忍住了没问她的丈夫在这期间会在哪。

"我哥哥提出要帮我买房。会买在我们生活的林登赫斯特,或附近的某个镇上。我会需要一些时间去找合适的房子。"

"多长时间?"

"也许六个月。"

他们一直走到悬崖更高处,从这边不容易下来沙滩。前面是数英里空旷的海滩。吉姆朝后望去,没有人迹。连鸟都稀少,虽然崖壁上有崖沙燕筑的袋形巢穴。

"多年前,"他问道,"当我们一起跳舞、约会时,你心里想的是不是那个在美国的人,和你结婚的那个人?你是不是盼着见到他?"

"这是你问过我的最长的问题。"

"答案呢?"

"我当时心里并不清楚。"她说。

"现在还是吗?"他刻意地把话说得温柔,低沉。

"不是了。"

海平线上压着零星几片云,天空几乎湛蓝,阳光越来越热。吉姆知道他的脸和脖子会很快变红,但他没有办法。

在莫里斯堡前,有一条小溪穿过沙地,足够一群海鸟聚集。光线泛着乳白色。起初,这群鸟并没有如他所想的立刻被来客惊飞。它们等待着。它们甚至在原地逗留了好一会儿。但接着一只起飞,其余也跟着飞走,发出短促尖锐的鸣声,最后几只扑扇着翅膀,像是在抗议被人打搅。

艾丽丝站立片刻眺望大海,然后他们回转身。他在她身后等待。

"我不想你为我背井离乡,将来也许你会后悔,"她说,"你会离开所有朋友,离开一切。"

他假定她的意思是,他会和她一起居住在她将来会买的房子里。

"我会把酒吧租给沙恩和科莉特,"他说,"当然,我还没问过他们,但我相信他们会愿意经营下去。"

"你在美国会做什么?"

"我不知道。谁会给我工作?我不懂签证的事,也不懂怎么在那里拿到合法身份。"

"我的小叔子是律师,我会让他推荐一个人来帮忙办理这些事。"

"我应该何时来?"他问。

"我会告诉你的。"

"你的意思是让我等着,但你不知会等到何时。"

她没有回答。

"我不能这么做,"他说,"抱歉。我会非常担心再也得不到你的消息。"

"那么你想怎样呢?"

"我想尽快去纽约。"

"但我没法和你在一起。"

"但我们能见面。然后……"

她朝水边走了几步。

"我住的长岛那个地方,"她说,"非常安静,是一个社区。不是一个镇子,也不是我们这边的那种村子。"

"我可以住在别处,等你有空,就去找你。"

他们听到崖壁上传来声响,抬头看到几只正在争斗的乌鸦。

"我得集中心力把孩子们安顿好,还要努力工作。"

"在刚开始,"他说,"我可以每星期见你一次。比如在星期天。"

她叹了口气。

"我住在一个四栋房子围起来的地方。托尼的两个弟弟和他们的家庭各有一栋,我的公婆也有一栋。这听起来是一个很好的规划。对孩子们而言也十分有利。很安全。但对我就不利了。"

"所以你才……?"

"不,另有原因。但现在对我关键的是,如果我离开,我不想被指为过错方。所发生的一切,都是他们做的。或是托尼做的。"

"你是无辜的?"

"我是无辜的。"

"和我一起回美国,对此事不利吗?"

"你明白了吧？还有，这可能会影响离婚协议。"

"艾丽丝，我不能待在这儿等你的消息。我现在就需要一个决定。我真的需要。"

"你知道你将独自过上几个月，还会是在冬天，我无法经常见你，也不能常打电话。这将会十分艰难。"

"不会比我独自在此一直担心你不再联系更难。"

"我们会告诉大家，你只是碰巧在纽约，我们碰巧遇见，我是单身，你也是单身，我们便开始约会。这是我的故事。你的呢？"

"我会说我一直想去纽约待一段时间。虽然我不知道谁会相信这话。但总之我离开六个月后，人们会把我忘得一干二净。"

"也许我会给你地址和修车店的电话。我会从那里给你写信。但我的老板一直盯着，他是托尼父亲的朋友。也许我可以在某些日子早早地上班，到时我们就能打电话了。"

吉姆思考片刻。她说了太多细节，却仍不提他应该何时去。他决定换个话题。

"托尼……你的丈夫做了什么？我是说，发生了什么事？"

"他和一个女人有了孩子。他曾去她家工作。"

"他还在与她约会？"

"没有，但他决定抚养这个孩子，他和他母亲把孩子接回家了。"

"但没把那女人也接回来吧？"

"没有，只有孩子。这还不够糟吗？"

他们经过了诺克纳斯罗格，朝古虚走去。

"那么明年此时，"他问，"或者更早，我们会一起生活在长岛某个地方，会计划结婚吗？"

"这可以是我们的计划。"她说。

他吻了她，然后环顾周围，几乎要笑话自己担心被人瞧见，接着他又吻了她。

"我能问你是否爱我吗？"他问道。

"所以我来了这儿。"

"你能说出来吗？"

"是的，我能。"

他们并肩站在水边。他看了看表，发现是一点半。

"我告诉沙恩我会在两点钟回去。他在为我坚守阵地。"

"那为何不走呢，"她说，"别忘了你的鞋。"

"我能在你走之前再见你一面吗？"

"是的，我会给你打电话。我已经学会了怎么按 A 键。"

"那是你吗？我就猜想那是你。"

"我临阵退缩了。"

"你还会临阵退缩吗？你会不会给我留一张便条，说你改变了主意？"

"我不会那么做。我保证我不会那么做。"

第七部

一

"我在弗恩斯,也就是快到恩尼斯科西了。"一个男人的声音说,"半小时后见。"

南希第一次见到伯兹艾的销售员时,他说服乔治给他的超市买了一台冰柜,开始储存冷冻食品。他总是带着新产品来,他说冷冻豌豆和冷冻鱼柳很快会比新鲜面包卖得更好。

"人们想要新的东西,电视上正在广告的东西。"

邓恩超市在拉夫特街开张后,伯兹艾的销售员第一个来提醒她。

"你竞争不过他们。"

"那么,我该怎么办?"她问,"关门吗?"

"是的,你迟早得关门。很抱歉我来告诉你这个。"

"那么我还能干什么?"

"办法总是有的,太太,办法总是有的。"

"我毫无办法。"

两星期后,伯兹艾销售员告诉她一个方案。

"我们会帮你开一家薯条店,只要你签署协议使用我们的产品,反正我们的产品也是最好的。所有东西都会包装好送来,半成品——鱼、薯条、汉堡。会冷冻起来。我能保证你不会亏钱。"

"那么大家为何不都去开薯条店?"

"因为不是每个人都在小镇的主广场上有房产。"

南希没咨询任何人。甚至向信用合作社贷款时,她只说是为了装修超市和楼上住宅,没提薯条店。

店开张后,伯兹艾销售员每两星期来接她的订单。她在楼上的厨房里招待他茶水、三明治。他从她的订单数量中得知她干得不错。

"你是最有勇气的。别人只会等到超市经营不善才拿主意。整个国家的杂货店和小超市都在慢慢走上绝路,最后负债了事。人们都在完蛋。"

这天早晨,坐在她餐桌边的伯兹艾销售员似乎比往常更正经。茶点端上来后,他拿出订单让她签名,并指出待付款的金额。

"你今天一心扑在工作上。"她说。

"我身负重任。"

"自从你送来第一批鸡块那天,我就没见过你这样。"

"这是一笔大生意,"他说,"长远地看,是大生意。"

"告诉我。"

"初看没什么。但如果酒吧开始卖烤芝士三明治和烤火腿芝士三明治,就会打开崭新的局面。他们会从我们这里买冷冻品。会很美味。这是关键,太太,会很美味。爱尔兰没有人会不想要。"

"所以你充满了斗志?"

"我们在每一个镇上寻找一家可以着手的酒吧。酒吧里得有年轻人、橄榄球迷。这类酒吧。我想你知道在恩尼斯科西我们应该从哪一家开始。"

"我当然知道。"

"第二步就是让店主在这份表格上签名。只是签个名表示感兴趣。然后我们就启动了。我们想要有一天,十个小伙子除了点十品脱啤酒,还会点十份烤芝士三明治。"

她看着表格。

"我保证今天上午就签好。"她说。

"这就太好了。两点钟我回家时顺路来一趟如何?你一定得告诉酒吧老板,他无需承诺任何事。但只要他有头脑,就会立刻抓住这个机会。"

南希打算到了十二点钟就去吉姆的酒吧,那时酒吧刚开门,她希望吉姆独自在那儿。她想到她甚至可以提出负责三明治。她能主动帮忙。但她得谨慎,别显得像是要替他拿主意。但他认识伯兹艾的销售员,只要烤三明治不费事,他一定会想卖烤三明治,即便得为此购买盘子和餐具。

她推开酒吧前门,里面一片寂静。长柜台后没有人。第一批顾客尚未到来。吉姆一定在外面的仓库里。她坐在吧台椅上等他。但从后院门进来的人不是吉姆,而是沙恩。沙恩起初没有注意到她,她唤了他的名字。

"老板不在。"他说。

"他会很快回来吗?"

第七部 | 279

"我没法告诉你。"

她寻思沙恩是否故意怠慢。她几乎不知该怎么接话。沙恩还站在门口。

"晚点我再来找他。"她说完转身离开。

"好。"他说。

这让她想起另一个上午来酒吧的事,那天沙恩告诉她,吉姆在都柏林。后来她问过吉姆那次出行,吉姆搪塞了过去,说不出一个可信的去都柏林的理由。

沙恩"我没法告诉你"的语气令她恼怒。仿佛她是一个从街上跑来的好事者。

她回到家中,把表格放在大厅的桌上,上楼发现杰勒德和艾丽丝·莱西的儿子拉里在厨房里。

"你母亲在这儿过得好吗?"南希问他,"她回家来,你外婆一定高兴坏了。"

"我觉得我外婆很高兴我姐姐来了,"拉里说,"她们形影不离,喝茶都用一个杯子。"

"真的吗?"

"哦,其实没有,但感觉是那么回事。"

"你母亲好吗?"

"嗯,她好着呢。她去了古虚,我舅舅在那儿有房子。她今早去的。"

"希望天气会好转。其他人和她一起去了?"

"没有,她一个人去的。我的马丁舅舅在镇上,因为他要带我们去看球赛。"

"她一个人去了那边?"

"是的,我想她只去一天。"

南希走到水槽边,装作清洗杯碟。在婚礼上,莉莉·德弗罗说过吉姆曾出现在古虚的一条小路上。当时这听起来很莫名,她还想莉莉的母亲是否把其他人认作了吉姆。但此刻想来,吉姆在都柏林那天,艾丽丝也巧合般地在都柏林。而现在艾丽丝在古虚,吉姆却不在他往常所在的地方。沙恩还对她用上了和那天相同的粗鲁语气。

这些事似乎一下子有了逻辑,但她再细想时,又不合情理。吉姆和艾丽丝不可能此刻一起在古虚或别的什么地方。但如果吉姆要见艾丽丝,他会怎么做?他不能打电话到法院街的房子。艾丽丝也不能去酒吧或被人瞧见在敲他的门。

在婚礼聚会快结束时,他们说过话。南希对此很肯定。她瞥见了他们,但没多想。是的,吉姆或许想在艾丽丝回去之前见她一面。南希记得艾丽丝第一天来拜访她时,曾问起吉姆。她像是真的不知道吉姆有没有结婚。现在他快结婚了,她也快回美国了,吉姆会想和她谈一谈。也许他想暗示她,或直接告诉她,他的生活即将改变。

但如果他们确实约定那天在都柏林会面,如果吉姆此刻在古虚,之前被德弗罗太太看到那次他也确实去了,再加上他们在婚礼上见过,那么今早的见面就显然不只是为了道别。

但也许这些推测都是子虚乌有。也许吉姆此刻正在银行或在

第七部 | 281

约见会计。

这实在太巧了,又或者什么事也没有。她知道,无论何种情况,都会在她心里翻腾一整天。假如吉姆发现她,南希,认为他在与艾丽丝·莱西约会,认为他们偷溜出去幽会,这将是多么荒唐!

她想,开车去古虚很方便。还没到十二点半。车程只有半小时。她有足够的时间,别人不会知道她去过。但不信任吉姆是错误的。这是莽撞冒险。她把这个念头逐出脑海。她大可休息几小时,或去河边走一走。但她无法阻止自己去思考每一种可能性,分析每一条线索。

她拿了车钥匙,下楼。走到车边时,另一个画面浮现出来。在婚礼当天夜里,她看到吉姆的莫里斯牛津轿车停在韦克斯福德的街上,她被告知他已经回恩尼斯科西了。

她开出镇子时,一点点地拼凑起她所掌握的蛛丝马迹。是的,艾丽丝想见吉姆,她当然想!艾丽丝第一天来家中做客时,南希就该明白这点。既然她知道多年前吉姆曾与艾丽丝热恋一场,却为何没想过,他也想见她。

但他俩真的见面了吗?见了几次?现在真的在一起了?

南希经过巴拉夫村,又经过黑水村,此时她庆幸自己下定决心去古虚。她情绪紧绷。在筹备宣布订婚这段时间,她仍时常犹疑这是不是真的。今天,她决定了,她一回到家就会放下焦虑,放下担忧。一切都会好的。四月,她会结婚。

在从黑水村到巴里肯尼加沙滩的路上,南希左转下了球场路。

她把车停在通往沙滩的第一条路的顶端。她一看到人，就会问马丁·莱西的房子在哪，她还会去第一家农舍敲门询问。但随即她发现不必如此。她走下小径，就看到吉姆的车停在正前方。而停在这辆车前面的是艾丽丝·莱西租的车。

再往前，她看到有一道门通往一片田野，那儿矗立着一栋小房子。她越过车子走进敞开的大门，径直朝房子走去。上午天色已经大亮。四下无声。

她透过房子的窗子朝里张望，看到一张单人床，毯子和床单乱糟糟的，椅子上有几件女人的衣服。她想好了，如果有人来，她就说自己是来散步的，以为能顺道拜访艾丽丝，因为拉里告诉她，艾丽丝在这儿。但她转念一想，若有人出现，那多半就是吉姆，她不知他们该如何面对彼此，该说什么。她觉得自己仿佛做了什么错事。

她来到悬崖边，看到吉姆和艾丽丝在下面的沙滩上，她明白如果自己不蹲下来，他们随时会看到她。在右侧靠近大门的位置，有一个被草遮盖了一半的土丘。她从悬崖边撤离，爬向土丘。她发现既能望见下面沙滩，又不会被发现的唯一方法是趴在地上朝下看。

吉姆和艾丽丝正在紧张地交谈。她看到他俩都光着脚。艾丽丝拿着一块浴巾。吉姆说了些什么后，艾丽丝从他身边走开，站到水边。她回来时，他拥抱她，他俩开始接吻。

南希注意到吉姆瞟了一眼手表，接着他又拥抱了艾丽丝，并一步步从她身边挪开。他要走阶梯回悬崖上。她得赶紧回车上。

她不想吉姆看到她，不想和他撞个正着。她竭力奔回小径，走向她的车，没朝后看。

她终于掉转车头时，安心地发现吉姆还没登上悬崖。他不会知道她来过。

在回镇的路上，她坚定了一个计划，她趴在悬崖上朝下望时就已经想妥了。

她进入自己的卧室，在梳妆台的首饰盒里翻找。如果她的旧订婚戒指太紧，她会立刻去科尔商店买一枚新的。如果是别的日子，她会担心怎么向科尔解释为何买戒指。但今日她只想找到一枚能戴上的戒指，填好应付金额的支票。她不管别人会怎么想。

她找到旧订婚戒指时，立刻知道她会用这枚乔治为她买的戒指。

她一下子没能把旧戒指戴上。她记得，这戒指一直不容易戴，但她喜欢这是乔治亲手选择的，当时不想再去首饰店换。她已多年没戴这枚戒指。时光以及在薯条店里的操劳，让她的手指变粗了。

多年前，有个办法可以把戒指戴上。她的婆婆老谢里登太太有许多戒指，也是她教会南希使用"窗立净"——一种清洁窗玻璃的淡粉色液体。南希记得，只要把它擦在手指上，就能顺滑地戴上戒指。

她把戒指放在水槽边，开始用"窗立净"擦手指，使劲按压骨头。接着她想起婆婆把她的手举到空中，稍等片刻，液体干透后，就能一次把戒指戴上。

她感觉到戒指挤过指节，痛得皱眉。但它戴上了。她洗掉"窗立净"。她戴着一枚订婚戒指。

现在她需要的是换衣，梳头，穿上好鞋。

她左手贴在身侧，穿过集市广场，经过拉夫特街、法院街，来到莱西太太家门口。

来开门的是艾丽丝的黑眼睛女儿。

"你母亲在家吗？"南希问。

"不，她不在。"

"是谁？"厨房传来声音，"罗塞拉，是谁？"

"是谢里登太太，外婆。"

"请她进来。"

罗塞拉把她请进后屋，很快莱西太太迈着蹒跚的步子过来。

"您看起来真漂亮，莱西太太。"

"罗塞拉每天早上为我挑选衣服，她的品位最好了。"

"艾丽丝会很快回来吗？"

"我肯定她会的。她一早就出门了。我们也在等她。"

"我有件事要告诉她。您知道，她是我的老朋友。您能否告诉她，我特意来拜访过？"

"噢，我能让她去找你。"

南希举起左手。

"我来告诉她这个消息，我订婚了。"

"恭喜啊，谢里登太太。"罗塞拉说。

"啊，订婚！恭喜！"莱西太太说，"我能问吗，那个幸运的男人是谁？"

"哦，这本来是秘密，但现在不是了。您能转告艾丽丝，我特地来告诉她此事吗。我与吉姆·法雷尔订婚了。我们已经约会了一阵子了，但在我们这个年纪，不想大张旗鼓。"

"大日子是哪天呢？"莱西太太问。

"哦，我们决定在罗马办婚礼。会悄悄地办。"

"罗塞拉，她要嫁给那个好人了，就是拉里常去的那家酒吧的老板。法雷尔家一直都是极体面的人。你知道，南希，我一大把年纪了，像我这样的人还活着的不多了，但我仍然记得他的祖母。"

她们请南希用茶点，但她拒绝并告辞了。她在法院街上慢慢走着。往常她在镇上走时，总是尽量避开那些想要拦住她聊几句的人。但这次她在找人。她甚至去了邓恩超市。她向遇见的每个人展示订婚戒指，告诉他们她与吉姆一直秘而不宣，但四月会在罗马结婚。他们已经定下日期，安排好一切。

二

罗塞拉在门厅等艾丽丝。艾丽丝一到,她就把手指竖到唇边,让母亲跟她上楼,尽量不发出声音。

"我只是随口一说,"她们进卧室后,罗塞拉低声说,"当时外婆说我们走后,她会很孤单,我就建议她跟我们走。我只是这么一说。"

"然后呢?"

"你瞧,这是她早就计划好的。她已经有了护照、签证。只差买一张机票。她让我给她看我的机票,然后带我去艾丹·欧利里旅行社,给她在我和拉里的航班上买了一个座位。"

"她打算待多久?"

"这就是问题。她对旅行社的那个女人说,机票上的回程日期是哪一天无所谓。不过现在机票上写了她会待一个月。"

"谁来照顾她?"

"我不知道该说什么。"

莱西太太在门厅里朝她们喊。

"艾丽丝,你在吗?"

艾丽丝和罗塞拉下楼,跟她去厨房。

"好了,"莱西太太说,"我希望我们能一起飞回去,所以我才进了你房间，艾丽①，我想找到你的机票。你会在下下周飞回去，不是在下周和我们一起。于是我自作主张把你的机票给了旅行社那个好女人，她打了个电话，然后告诉我们，她能改签你的机票，只需要一小笔费用。"

"这是个惊喜。"艾丽丝说。

"哦，你总是在信里邀请我去。"

"但你从未说过你想去。"

"你还说过这个邀请永久有效。我想去看看你住的地方，罗塞拉和拉里住的地方。它听起来像是个很好的地方。"

艾丽丝回到房间检查行李箱，发现装着那张照片的信封不见了。她等着，直到听到罗塞拉上楼，她才去了厨房。

"你知道，"她对母亲说，"我不知道你现在去，时机是否合适。"

"什么？我机票都订好了。"

"是的，但也许我们应该考虑改签。"

"是我不受欢迎吗？"

"罗塞拉不会在家，她要去上大学。拉里整天在学校里，然后不是和朋友们出去，就是做功课。我有一份工作，因为我请了一段时间假，回去后得干全职。"

"我相信我会设法打发白天的时间。"

"那里不是一个镇子。附近没有商店。"

---

① 艾丽丝的昵称。

"罗塞拉告诉我这个了。"

"我希望你过段时间再去。让我们先安顿好。还有其他问题。"

她母亲从围裙的大兜里拿出那个信封。

"这些问题我都知道了。"她说。

"你是从我的行李箱里拿的吗?"

"我去找你的机票,看到信是写给罗塞拉的。别担心。我没给她看。但我读了信。"

"你不该打开信封!"

"这句话我要回敬你。你拆我们所有人的信吗?"

"我当然没有!"

"我不会告诉罗塞拉你拆了她的信。我觉得你带我回美国,会对你有用。你会有别的事可想。"

"我已经提醒过你,一天大部分时间你只能独自待在家里。"

"你觉得我在这儿是怎么生活的?"

罗塞拉回到厨房时,莱西太太说:"哦,还有一件事。我们从旅行社回来时,南希·谢里登竟然来了。你真应该见见她,她是来炫耀订婚戒指的。戒指看起来太小,不适合她的手指。我不知道她是怎么戴上的。"

"南希·谢里登订婚了?"艾丽丝问,"但她之前来为你贺寿时,什么都没说啊。"

"她说,是今天才宣布的。"

"她和谁订婚呢?"

"和吉姆·法雷尔。他们已经谈了一段时间了。"

"不，说认真的，"艾丽丝说，"她和谁订婚？"

"那是她的新闻。你真应该见见她。她很兴奋，简直喘不上气。她和吉姆·法雷尔订婚了。"

"开酒吧的吉姆·法雷尔？"

"那就是她的订婚对象。我们都恭喜了她，不是吗，罗塞拉？"

罗塞拉点头认同。

艾丽丝等到罗塞拉离开厨房，就跟着她到了门厅。

"我母亲一定搞错了。"她说。

"不，她没搞错。"

"你再说一遍。"

"谢里登太太和那个酒吧老板订婚了，吉姆·法雷尔。"

艾丽丝悄悄出门，走向约翰街的电话亭。两个十几岁的女孩正在和什么人长聊，嘻嘻哈哈不停打断对方。艾丽丝站在外面。

只要她们能挂断电话让她打，她就能在几分钟后回家，确定吉姆没和任何人订婚，尤其没和南希·谢里登。

这想法太荒唐。她觉得去问吉姆这个是很蠢的。然而她还是想立刻与他通话。她简直想敲电话亭的玻璃，让女孩们赶紧打完。她们注意到她在等，但没显出要挂电话的迹象。

奇怪的是，她想，吉姆考虑离开家乡，这对他并不难。他的父母已故，他从没提过任何好友和亲戚，除了为他工作的沙恩。艾丽丝知道一个酒吧老板是不合群的，他的平易近人既是工作需要，也是保持距离的能力。他可以像他对她说的那样直接离开，把酒吧租给别人，找个行李箱，第二天就到美国。或者，只要他决定了,也可以在一个月后,六个月后,一年后去。那么他给她施加压力,仿佛他能否去美国在很大程度上取决于她的决定,就耐人寻味了。

一个女孩发出一声尖笑,艾丽丝终于拍了拍玻璃。她们顿时面露尴尬和怯意,但接着又尖叫起来,一个女孩想从另一个手里夺走话筒,告诉她们的朋友,她们等会再打来。

现在艾丽丝已经记住了吉姆的号码。她拨过去时,没人接。她让电话铃响着。那两个女孩还在外面等她打完,她一时不知该怎么办,但随即看到架子上的电话簿。她发现上面有酒吧的号码。她打过去,那头接线的人不是吉姆。

"老板在楼上,"他说,"你有他家里的电话吗?"

"我有。"她说。

她又从钱包里找出一枚硬币,再次拨家里的号码。她把硬币塞进口子,一个女孩过来拍玻璃,她们像是害怕了似的走开几步,然后又回来。

艾丽丝让电话铃响到停止。

她回家发现母亲独自在厨房。

"罗塞拉知道吗,"母亲问,"你和吉姆·法雷尔订过婚?"

"我没和他订过婚!"

"哦,镇上人都以为你们订过婚。"

"多年前我回来时和他约会过。但我确定罗塞拉不知此事,也不必知道。"

"哦,我当然不会告诉她。"

"我对此表示感激。"

"南希想让我们知道,她是特地来告诉你这个消息的。她不是路过。我寻思着你是否因为吉姆订婚而难过。我是说,这么多年了,你一定早已忘怀!"

"我当然忘怀了!"

"假如你和他结婚,情况一定会非常不同。"

"也许。"

"听南希说话真好笑。当然,我对她和吉姆的事一清二楚。"

"你知道什么?"

"萨拉·柯比告诉我的。我在商店里遇到她。她很客气。她认识一个住在麦卡锡面包店楼上的女人,她的公寓正对着吉姆·法雷尔家。一天深夜她起夜时,从楼梯平台看到对面吉姆·法雷尔的起居室。吉姆有个伴,女伴。他似乎很快活。后来出门走到街上的不是南希·谢里登又是谁?萨拉的朋友看着她整理衣服,把自己弄端正了才回家。"

"你一直都知道他俩的事?"

"是的。"

"为什么不早告诉我?"

"我早年就做出一个决定,绝不传播流言蜚语。我向来坚守这个原则。"

"但你把这事告诉我,不算传播流言蜚语。"艾丽丝说。

"你知道,我跟南希说我为她高兴。"母亲没接艾丽丝的话,她继续说道,"我还能说什么呢?但我很是怀疑。"

"怀疑什么？"

"等到我寿终正寝，我希望你父亲在天国等我。如果没有这个盼头，我还有什么可活的？他临终时，我们谈过这事，这给了我们彼此很大的安慰。想想看如果我再嫁给另一个人！会发生什么？我该对你父亲怎么说？我就在想，到了时候，南希会对乔治·谢里登怎么说。但我什么都没说。虽然并非我本意，我还是告诉她我很高兴。"

既然母亲决心闭口不谈，艾丽丝心想她是否知道自己在与吉姆约会。或许有人在都柏林看到了他们，或者在婚礼上注意到了他们。那人把消息传给另一人，继而传给她母亲。她想，这不太可能，但她也不确定。

后来艾丽丝又去了电话亭，这次里面没人。她再次打给酒吧，被告知应该打楼上的家里电话。但那个号码依然无人接听。她再次让电话铃持续响着。回家半路上，她转身回去做了最后一次尝试，没有人接。她决定去找吉姆，不管他在家里还是在酒吧。

三

吉姆把车停在修道院广场,故意不经过集市广场。他不想撞见南希。他想,他会冲个澡,换件衣服,吃点东西,然后给南希打电话,约她见面。

他决定,明日一早,银行一开门,他就去把需要的钱取出来。他会把车留给沙恩照管,但会先让沙恩把自己送到车站,搭午间的火车去都柏林。

他在酒吧里找到沙恩,沙恩答应再多留半小时,然后和往常一样在四点回来。

"你能告诉科莉特我想见她吗?"吉姆问。

"今天?"

"当然是今天。请她尽快来。"

沙恩朝吉姆瞟了一眼。吉姆知道他想问出了什么事,但还是没问。

他是要问科莉特,她和沙恩是否愿意接管酒吧。

他来到房子的顶层,后面有间屋子存放他不需要的东西。那里有几个旧行李箱,他很确定。但当他找到这些箱子时,它们看上去太破旧了。最大的那个边角磨损,另一个的锁坏了。他挑了一个锁没坏的,但它也褪色了。一到都柏林,他就可以换掉。

他打电话给都柏林西土街附近的蒙特克莱尔酒店，他的父母以前常住这家酒店。他预订了三晚的房间，但他觉得其实会住得更久。他会给艾丽丝留一张便条，说可以去那里找他。也许他会陪艾丽丝、罗塞拉和拉里去都柏林机场，送他们离开。

他去了，两个孩子或许会感到困惑，但这能很好地传达给他们一个信息，他和艾丽丝很亲近。

他不会在便条里把这事对艾丽丝提。他只会在电话中告诉她。

也许更好的做法，他想，是等到天黑后给艾丽丝送一张便条，在他与南希谈过之后。

他吃了点东西，快速冲了个澡，换了衣服。正准备下楼时，电话铃响。他不想接，以免是南希打来的。等他见过科莉特后，他会给南希打电话，约她傍晚见面。他会说是急事，极为重要的事，但他不知道与她面对面后，该如何开口。

他听着电话铃停止，一分钟后，又响了起来。

到了楼下，沙恩告诉他，刚才有个女人打电话到酒吧，想和他通话。

"是南希·谢里登吗？"

"肯定不是。南希今早来过这儿找你。不，是别人打来的。"

"南希有什么事？"

"我不知道。我告诉她你出去了，会很快回来。"

沙恩走后，酒吧彻底空了。往常无论何种情况，总会有几位顾客。

第七部 295

吉姆坐在吧台椅上举目四望。他长大一些后，他父亲就让他进酒吧，当时为他父亲工作的酒保弗兰克·福琼会把瓶盖收集起来留给他。他把瓶盖装在盒子里拿到楼上，在他的卧室地板上摆开来玩。他能把它们像士兵一样列队，让它们打仗，或者打板棍球赛。瓶盖上总有一股淡淡的啤酒味，这对他也是一种吸引力。

他想，他可以在这里轻松度过余生，卖酒，安稳地做生意，到了关门时间就回楼上。和南希去乡村生活，将是一个大改变。晚上在她身边睡去，早晨在她身边醒来。但每一天他还是会回到这熟悉的地方。

他不必努力。如果此刻有人进来，他知道该怎么招呼他们。哪怕他不认识他们，他也能迅速而准确地做出判断。但明日一上火车，他的判断就不大有用了。离开了酒吧的安全感，他从容的自信将不再重要。

这还只是在都柏林。到了美国，他将如何立足？在恩尼斯科西，他的名字，也就是他父亲的名字，就写在他的房子外面。在美国，他只是一个追随女人跨越大西洋的男人，甚至不知道美国啤酒和威士忌的名字，不确定如何应付麻烦的顾客，不清楚如何使用美国的收银机。

他会学。他会找一份工作，但可能不是在酒吧里。干一份在五六点就结束的工作感觉会大不相同。每天傍晚，他和艾丽丝都会在一起度过。

他想到，很快他就会怀念酒吧和楼上的房间。他想到了冬夜在租来的公寓里无所事事。他会思念沙恩和安迪，会想起各种人都扎堆坐在哪里，新客人坐在后厅，老客人坐在前门附近。

　　他的离开只是另一个变化罢了。曾经那群在星期六的七八点钟聚集在酒吧里讨论每周时事的人已经散去。一个死了，另一个足不出户，其他几个渐渐地不来了。他相信，他们那几年就像电视上的评论员一样消息灵通。有时当他在报纸上看到一篇文章，他想给他们看，但随即意识到这群人已经不在了。

　　或许，等到罗塞拉和拉里长大成人，过上各自的生活，他和艾丽丝可以迁回恩尼斯科西，再次接管这份生意。但他知道，这只是梦想。他很可能再也不会在酒吧里卖酒。也许他已经做了够久了。

　　沙恩带着科莉特一起回来。

　　"我能和你去楼上吗，太太？"他问。

　　她点点头，神情莫名严峻，显得不太友好。

　　往常科莉特来楼上，总是会为他沏茶，取笑他家里邋遢。这次她径直走到最远处的窗口，朝外眺望街道。

　　"你为什么没告诉我们？"她问。

　　"告诉什么？"

　　"告诉我们南希在刚才一小时内告诉所有人的事。我在斯兰尼街遇上她，她正在向大家展示她的戒指，我们刚才从威弗街过来时，又遇到了她。"

　　吉姆想问她在说什么，但意识到自己应当谨慎。

　　"南希很好。"他说。

　　"我第一次看到她时，她满面红光，情绪激动，但刚才她看起来疲惫不堪。"

"她工作太辛苦了。"

"她说你们已经约会了一段时间。无论沙恩是否知道此事,我都没能让他告诉我。"

"沙恩总是守口如瓶。"

吉姆猛然想到,他真应该去找南希。

"南希说你们打算在乡下建一栋平房。"

"哦,是,如果她这么说了,那就是真的。"

"对于一个刚订婚的人来说,你还真是不动声色。"

"这件事还有很多时间。"

"哪件事?"

"哦,你知道,所有事。"

"所以你想见我?告诉我订婚的事?"

"是的,我想告诉你。"

沙恩来到门口。

"南希·谢里登在楼下找你。我没说你在这儿。"

"不,不,"吉姆说,"让她上来。"

"那么我走了,"科莉特说,"恭喜!大家都会问你是否会办一场盛大婚礼。我该怎么告诉他们?"

"让他们去问南希。"

吉姆快步走到窗口,站在刚才科莉特站着的地方。

南希在门口遇到科莉特,略微点了点头。她等到科莉特走到听不见她说话的地方。

"整个上午我都在找你。发生了严重危机。我不得不当即做出决定。"

她直盯着他。她颤抖着声音,但似乎很冷静,直到她再度移开视线。接着他发现她非常紧张。她闭了闭眼,叹了口气。

"我不知道该怪谁。但我遇到了一个女人,她对我们去看地基的事一清二楚。然后我接到了莉莉·德弗罗的电话,她也都知道了。"

吉姆从未听南希说过谎。他垂下视线时,注意到她左手上的戒指。他想,这一定是乔治买给她的那枚,要不就是她刚买的或借的。

他想起当时她问他为何去都柏林住了一晚,他蒙混过去,没说太多细节。他没有直接说谎。南希告诉他的则都是细节。

"然后我发现整个广场都知道了。我遇见罗德里克·华莱士太太在遛狗,她朝我笑,说她听说了我的大事。接着我遇到了一个从郡县之家来的护士,她从麦格斯·奥康纳那里听到所有新闻。我问过杰勒德,他是不是告诉了别人,他发誓说没有。然后我找不到你。所以我想我就戴上戒指,对每一个问我的人直说了。我打电话给劳拉,又打给了米里亚姆。我怕她们从别人那里先听说。我很担心。"

她说完后,吉姆发现她声音中有一种恳求,望着他的眼神中有一种绝望。她不可能知道他上午计划离开,因为没人知道。但她想必发现了艾丽丝的事。这是唯一的解释。

他感觉到,她不想编造一个可信的理由来解释为何在今天宣

第七部 | 299

布订婚，其实是想让他明白这点。

她在沙发椅上坐下来，似乎是累了。他心想此刻是否应该向她全盘托出。他可以告诉她艾丽丝的事，说他打算和她去美国。不仅如此，他还会在次日离开恩尼斯科西，所以她不必继续戴着订婚戒指。

接着她抬起头，与他四目相对，他又想到了一点。她戴上订婚戒指，不是为了通知全镇人。这可以等。戴戒指是为了告知艾丽丝·莱西。

艾丽丝也许已经知道了。如果她还不知道，很快会有人告诉她。艾丽丝当然不信。她怎能相信？如果她问他这是不是真的，他该如何回答？

南希站起来。

"你像是被太阳晒着了。"她说。

他点点头。

"哦，我很高兴宣布了此事，"她继续说，"也许我们晚些可以好好庆祝一下？"

"好啊，"吉姆说，"我会打电话给你。"

"我们何不现在就安排？"

"当然。"

"我会让杰勒德关店门。你也许可以让沙恩做同样的事？午夜如何？你的仓库里一定存着香槟？"

"肯定有。"

她朝门口走去，又转身走到沙发椅旁。那一刻，他以为她又要坐下,但她直视着他,目光平静,无畏。她招手让他过去拥抱她。他慢慢走过去,搂住她。片刻后,他陪她下楼。他们在前门口再次拥抱。他碰到她的手时,摸到了那枚订婚戒指。她笑了。

"待会儿见。"

她离开后,他蓦地明白过来她干了什么。她说话的语气,让他无法拒绝,无法争论。她大可直接质问他艾丽丝的事,但那只会为他打开出路,告诉她他要离开。

电话铃响起,他肯定是艾丽丝。仍有一线可能,她尚未得知。有几秒钟时间,他差点要接电话。但不,他需要当面见她。如果有必要,他甚至会去她母亲家。

片刻后,电话再度响起,他正在浴室里。他站在那里听着电话铃声回荡。

他坐在起居室的椅子上,心想该怎么办。

十五分钟后,他听到前门的敲门声,便下了楼。他打开门,艾丽丝一声不吭地闪入。在起居室里,她先坐在南希刚坐过的扶手椅上,随即换到了另一张不那么舒适的椅子上。吉姆回到窗前。

"你一直不接电话。"她说。

"我想和你当面谈。"

"那也没有理由不接电话。"

"总之,你来了就好。"

"我来是因为南希·谢里登出现在我家门口,炫耀一枚据她说是你为她买的订婚戒指。"

"她去了你家?何时?"

"当时我不在。你走后,我留在古虚打扫房间。你早就与南希订婚了吗?"

"我能解释这些事。"

"你能解释你是如何与我曾经最好的朋友订了婚?"

"事情不是这么简单。事实是我爱你,我想和你在一起。"

"你告诉南希那件事了?"

"告诉她什么?"

"你问过我你能否跟我回长岛。"

"我没告诉她任何事。"

"那么,她怎么知道?恰好今天我们在古虚的沙滩上,这不太可能是巧合。"

艾丽丝站起来,看着房间对面的他。

"你没告诉她,"她说,"我没告诉她,那么是谁告诉她的?没有别人知道。除非你告诉其他人了。你告诉其他人了吗?"

"我当然没有。"

"是的,你不是那种会告诉别人的人。你今天见过南希吗?"

"我刚见过她。她来过这儿。"

"戒指是你给她的?"

"不是。"

"今天是她第一天戴它吗?"

"是的。"

"你是从古虚回来后知道此事?"

"是的,沙恩的妻子科莉特告诉我的。"

"今天南希来时提过我的名字吗？"

"没有。"

"但你也同意我的看法，她选择今天戴上戒指，并且特地去我家，这也太巧合了。她不是路过的。她告诉我母亲，她是特地去通知我的。"

"是的，太巧合了。"

"你们在一起多久了？"

"有段时间了。"

"为何之前不订婚？"

"她想等到米里亚姆婚礼之后。"

"所以现在是即将宣布消息的时候？所以你才要我做决定。在消息公布之前。"

"是的。"

"最终她猜到了。是这样吗？你一定做了或说了什么，让她察觉了。"

"我确定我没有。"

"总之她猜到了。"

吉姆点点头。

他注意到艾丽丝平静下来。她开始的几个问题还带着一丝怒意，此刻却显得温和而好奇，对南希的行为感到有趣。他明白一个判断错误的回答会让她起身离开。他想，一段长久的沉默也能如此。但他也知道他不该转换话题。

他想让她知道，他在那天上午说的仍然是真的。他想随她去美国。但如果他这么说，她会问他答应过南希什么。那也还有效吗？也还是真的吗？无论他说什么，艾丽丝都能提醒他，他与另一个女人订了婚。

艾丽丝又坐下来。他知道，她可能已经在心底放弃了他们双宿双栖的想法。此刻她正在将那些事拼凑起来。

他相信，如果他想开口，只有一次机会。她仍一言不发，但也没有要离开的迹象。

"我有一个问题想问你。"他开口道。

她抬起眼。

"只有一个？"

"如果你的长岛修车店里的电话在某天早晨，或某一天响起来，是我打来的，我在纽约，或更近的地方，我是来见你的，你会怎么做？"

艾丽丝面露困惑，似乎没听清他的话。但他知道不能重复问题，应该给她时间思考。他注视着她，让沉默停留。她一动不动。他心想她是否在想别的，还是在考虑怎么回答。

他开始数秒，数到一百，两百。他能感觉到自己的脸被古虚正午的太阳晒红了。但艾丽丝的面色没有变化。她苍白依旧。她环视房间，然后看向他。他觉得他的问题仍然悬在空中，但她显然不会回答。

天色开始黯淡下来，她终于起身。他心想此刻在这房间里或楼下的门厅里，他能否拥抱她，也许甚至吻她。然而她离他远远的。他跟着她，但她的样子似乎他不在那儿。

她离开后,他决定下楼到酒吧。他不想独自坐过整个傍晚。他苦笑着想到,如果他出门在镇上走一遭,遇到的人都会恭喜他订了婚,他简直不知该如何作答。

他毫无准备地走进酒吧。由安迪领头,响起一阵恭喜的高呼。在贝勒菲尔德参加比赛的所有球员都来了,坐满了许多桌子。他们站起来,喊着,挥舞着拳头。

"吉米是冠军。"他们喊道。

吉姆看到沙恩时,沙恩抬起手表示他对这一场面无能为力。杰勒德、拉里、马丁也在朝他涌来的人群中,他们把他举到他们的肩膀上。

"吉米·法雷尔,年度运动员。"安迪高呼。

"奖杯是吉米的。"杰勒德大喊。

吉姆颤巍巍地被举到拉里的肩上,马丁扶住他的腿。

"免费喝酒!酒吧买单!"有人扯着嗓子喊,"吉米订婚了!"

吉姆拼命地搜寻沙恩。当沙恩注意到了他,吉姆示意他管一管,过来救他。沙恩让大家把吉姆放下来。

"别碰他了。"

吉姆在吧台后不知该怎么办。他避着那群把他举起来的人,也避着安迪。有一刻,他几乎想让安迪回家,但他忍住了。沙恩一直待在他身边,什么都没说。

吉姆讨厌沙恩的关心,也担心杰勒德和他的朋友们又在策划什么庆祝,于是决定去仓库里找一瓶香槟。他会把它藏在外套里,然后躲到楼上去。

天擦黑时,他坐在起居室里。八月末总是令他伤怀。他想,今年真奇怪,他一刻都没有为此伤感过!但时候总会到的。十点过了,然后十一点。

他下楼,站在门厅里,没有开灯。他知道自己想做什么。他想溜到街上,希望不会遇到任何人。然后在暗处慢慢地走向艾丽丝家。他会要求见她,即使时间已晚。他想象着她来到门口,她母亲从后屋或楼上的房间向外喊,问是谁,是谁在深夜前来。吉姆不会进去,他会站在门口,低声重复之前问过艾丽丝的那个问题。但当他试图想象她的回答时,他一个人也看不到。她家的前门开着,但门厅里没有人,只有她母亲的声音在一遍遍重复:"是谁?是谁在深夜前来?"

吉姆站在自家门厅里,想要见到艾丽丝,想要听到她会说的话。他靠着墙合上眼。也许明天他会想出该怎么办。但此刻他会等在这里,什么都不做。他会听着自己的呼吸,准备为半夜前来的南希开门。这是他会做的事。

Colm Tóibín
Long Island
Copyright © Colm Tóibín 2024
Simplified Chinese edition copyright © 2025 Archipel Press
This edition arranged with ROGERS, COLERIDGE & WHITE LTD.(RCW)
through Big Apple Agency, Inc., Labuan, Malaysia.
All rights reserved.

本书出版获得 Literature Ireland 资助，特此鸣谢。

图字：09-2024-0023 号

图书在版编目(CIP)数据

长岛 ／(爱尔兰)科尔姆·托宾著 ；柏栎译.
上海 ： 上海译文出版社，2025.1. -- ISBN 978-7-5327-9720-2

Ⅰ. I562.45

中国国家版本馆 CIP 数据核字第 2024YG5572 号

长岛

[爱尔兰]科尔姆·托宾 著 柏栎 译
特约策划／彭伦 郭歌 责任编辑／徐珏 封面设计／好谢翔

上海译文出版社有限公司出版、发行
网址：www.yiwen.com.cn
201101 上海市闵行区号景路 159 弄 B 座
上海市崇明县裕安印刷厂印刷

开本 889×1194 1/32 印张 9.75 插页 2 字数 129,000
2025 年 1 月第 1 版 2025 年 1 月第 1 次印刷
印数：00,001—10,000 册

ISBN 978-7-5327-9720-2
定价：72.00 元

本书中文简体字专有出版权归本社独家所有，非经本社同意不得转载、摘编或复制
如有质量问题，请与承印厂质量科联系。T：021-59404766

科尔姆·托宾作品系列

长篇小说：

《名门》

《大师》

《布鲁克林》

《黑水灯塔船》

《魔术师》

《诺拉·韦伯斯特》

《长岛》

中短篇小说：

《马利亚的自白》

《母与子》

散文：

《王尔德、叶芝、乔伊斯与他们的父亲》

《走到世界尽头》（待出版）